As coisas da vida

António Lobo Antunes

As coisas da vida
60 crônicas

ALFAGUARA

© António Lobo Antunes, 1998 e 2002
Todos os direitos reservados

Todos os direitos desta edição reservados à
Editora Objetiva Ltda.
Rua Cosme Velho, 103
Rio de Janeiro — RJ — Cep: 22241-090
Tel.: (21) 2199-7824 — Fax: (21) 2199-7825
www.objetiva.com.br

Seleção feita a partir dos volumes *Livro de crónicas* e *Segundo livro de crónicas*

Capa
Dupla Design

Imagem de capa
Luciana Whitaker

Revisão
Rita Godoy
Taís Monteiro

Editoração eletrônica
Abreu's System Ltda.

CIP-BRASIL. CATALOGAÇÃO-NA-FONTE
SINDICATO NACIONAL DOS EDITORES DE LIVROS, RJ

A642c

Antunes, António Lobo
    As coisas da vida : 60 crônicas / António Lobo Antunes. - Rio de Janeiro : Objetiva, 2011.

    Seleção feita a partir dos volumes *Livro de crónicas* e *Segundo livro de crónicas*
    231p.   ISBN 978-85-7962-092-8

    1. Crônica portuguesa. I. Título. II. Título: Sessenta crônicas escolhidas.

11-1986.
    CDD: 869.8
    CDU: 821.134.3-8

Sumário

DESCRIÇÃO DA INFÂNCIA	9
As pessoas crescidas	11
Descrição da infância	13
O campeão	17
Ó marreco olha o sonoro	21
O paraíso	23
Crónica de Natal	25
O nadador olímpico e o amendoim	29
RETRATO DO ARTISTA	33
A Feira do Livro	35
Retrato do artista quando jovem	39
A compaixão do fogo	43
Os Sonetos a Cristo	47
De Deus como apreciador de jazz	49
Receita para me lerem	51
Retrato do artista quando jovem – II	55
António 56 ½	59
Em caso de acidente	63
Crónica do pobre amante	67
Penn	71
AS COISAS DA VIDA	75
Uma gota de chuva na cara	77
Não entres por enquanto nessa noite escura	81
Claro que te lembras de mim	85
Dormir acompanhado	87
Como se o orvalho te houvesse beijado	91
O tenente-coronel e o Natal	93

As coisas da vida	97
O amor conjugal	101
Saudades de Ireneia	105
Quem me assassinou para que eu seja tão doce?	109
Os Lusíadas contados às crianças	113
Espero por ti no meio das gaivotas	117

O SPITFIRE DOS OLIVAIS	121
O amor dos animais	123
O Spitfire dos Olivais	127
Está bem abelha	131
Sem sombra de pecado	135
O último truque do meu pai	139
Os computadores e eu	143

O ENTENDIMENTO HUMANO	145
O meu primeiro encontro com a minha esposa	147
A noite das misses	149
Novo ensaio sobre o entendimento humano	153
Velhas sombras fortuitas	157
Da viuvez	161
Feriado	165
Duas crónicas pequenas	169
Juro que não estou a mentir	173
Uma sereia de coral no rio	177
Não ligues às minhas picuinhices	181

ESTA MANEIRA DE CHORAR	185
Emília e uma noites	187
Esta maneira de chorar dentro de uma palavra	191
Crónica dedicada ao meu amigo Michel Audiard e escrita por nós dois	195
Crónica para ser lida com acompanhamento de Kissanje	199

ANTES QUE ANOITEÇA	203
O acaso é o pseudónimo que Deus utiliza quando não quer assinar	205
As veias dos búzios	209

O Brasil	211
Hoje apetece-me falar dos meus pais	213
A crisálida e eu	217
António João Pedro Miguel Nuno Manuel	219
Uma festa no teu cabelo	221
A crónica que não consegui escrever	223
Fantasma de uma sombra	227
Antes que anoiteça	229

Descrição da infância

As pessoas crescidas

As pessoas crescidas fui-as conhecendo de baixo para cima à medida que a minha idade ia subindo em centímetros, marcados na parede pelo lápis da mãe. Primeiro eram apenas sapatos, por vezes descobertos sob a cama, enormes, sem pé dentro, e logo calçados por mim para caminhar pela casa, erguendo as pernas como um escafandrista, num estrondo imenso de solas. Depois tomei conhecimento dos joelhos cobertos de fazenda ou de meias de vidro, formando ao redor da mesa debaixo da qual eu gatinhava uma paliçada que me impedia de fugir. A seguir vieram as barrigas de onde a voz, a tosse e a autoridade saíam apesar do esforço inútil de suspensórios e de cintos.

Ao chegar à altura da toalha aprendi a distinguir os adultos uns dos outros pelos remédios entre o guardanapo e o copo: as gotas da avó, os xaropes do avô, as várias cores dos comprimidos das tias, as caixinhas de prata das pastilhas dos primos, o vaporizador da asma do padrinho que ele recebia abrindo as mandíbulas numa ansiedade de cherne. Compreendi por essa época que tinham o riso desmontável: tiravam as piadas da boca e lavavam-nas, a seguir ao almoço, com uma escovinha especial. Aconteceu-me encontrá-las sob a forma de gargantilhas de dentes num estojo de gengivas cor-de-rosa escondidas por trás do despertador nas manhãs de domingo, a troçarem dos rostos que sem elas envelheciam mil anos de rugas murchas como flores de herbário devorando os lábios com as suas pregas concêntricas.

Já capaz pelo meu tamanho de lhes olhar a cara, o que mais me surpreendia neles era a sua estranha indiferença perante as duas únicas coisas verdadeiramente importantes do mundo: os bichos da seda e os guarda-chuvas de chocolate. Também não gostavam de coleccionar gafanhotos, de mastigar estearina nem de dar tesouradas no cabelo, mas em contrapartida possuíam a mania incompreensível dos banhos e das pastas dentífricas e quando se referiam diante de mim a uma parente loira, muito simpática, muito pintada, muito bem cheirosa e mais bonita que eles todos, desatavam a falar francês olhando-me de banda com desconfiança e apreensão.

 Nunca percebi quando se deixa de ser pequeno para se passar a ser crescido. Provavelmente quando a parente loira passa a ser referida, em português, como a desavergonhada da Luísa. Provavelmente quando substituímos os guarda-chuvas de chocolate por bifes tártaros. Provavelmente quando começamos a gostar de tomar duche. Provavelmente quando cessamos de ter medo do escuro. Provavelmente quando nos tornamos tristes. Mas não tenho a certeza: não sei se sou crescido.

 Claro que acabei o liceu, andei na faculdade, tratam-me por senhor doutor e há séculos que ninguém se lembra de me mandar lavar os dentes. Devo ter crescido, julgo eu, porque a parente loira deixou de me sentar ao colo e de me fazer festas no cabelo provocando em mim uma comichão no nariz que me tornava lânguido e que aprendi mais tarde ser o equivalente do que chamam prazer. O prazer deles, claro, muito menor que o de mastigar estearina ou aplicar tesouradas na franja. Ou rasgar papel pela linha picotada. Ou mostrar um sapo à cozinheira e vê-la tombar de costas, de olhos revirados, derrubando as latas que anunciam Feijão, Grão e Arroz e que na realidade contêm massa, açúcar e café.

 Devo ter crescido. Se calhar cresci. Mas o que de facto me apetece é convidar a parente loira para jantar comigo no Gambrinus. Peço ao criado que nos traga duas doses de guarda-chuvas de chocolate e enquanto chupamos a bengalinha de plástico mostro-lhe a minha colecção de gafanhotos numa caixa de cartão. Posso estar enganado mas pela maneira como me fazia festas no cabelo, com olhos tão jovens como os meus, quase que aposto que ela há-de gostar.

Descrição da infância

Todos os agostos me levavam a ver nascer o Mondego, espirrozito de água entre musgos, penedos e árvores a trinta
    (julgo que trinta)
    quilómetros da casa do meu avô, numa dobra da serra que não se via da varanda. O meu pai era muito novo, a minha mãe era muito nova, eu era tão novo ainda que não sabia nada da morte
    (nem da vida)
    e aos sete anos desfalecia de amor pelas meninas ciganas que ajudavam a família a vender mulas de chagas escondidas a tinta preta nos sábados de feira. Lembro-me de grandes olhos escuros, cabelos às vezes surpreendentemente loiros, pés descalços, ourives de bicicleta com o cabo dos guarda-chuvas enganchado no colarinho do casaco e pensava
    — São viúvos
    pensava
    — São todos viúvos
    à medida que desapareciam a pedalar em bando na estrada de Viseu com o cofre das jóias amarrado com cintos ao selim.
    (À noite vinham afligir-me os sonhos com gargalhadas de corvos, sem dizer nada. Olhavam-me apenas.)
    A minha mãe, que podia ser minha filha agora, andava de bicicleta à roda dos castanheiros, o meu pai jogava ténis na Urgeiriça e pintava, o meu avô lia o jornal enquanto os sinos dobravam a finados
    (só os outros morriam porque éramos eternos)
    vi passar o caixão aberto de uma criança, um caixãozinho branco, contei ao meu irmão João, o meu irmão João respondeu
    — Não pode ser

o meu irmão Pedro debruçou-se do muro

— Vê lá se cais

o Presidente da Câmara sorria no alpendre, não havia enterro nenhum e sosseguei: era o vento no pinhal do Zé Rebelo, o cheiro das amoras quando íamos ver o pôr-do-sol na esperança do raio verde, o Caramulo ao longe, a criada do senhor vigário

(não me recorda o nome dela)

— Tão lindos tão lindos

a dar-nos uvas pretas.

O senhor vigário jogava às cartas com o farmacêutico que era pedreiro-livre e eu queria roubar ovos às galinhas mas tinha medo das bicadas. O farmacêutico garantia que Deus era uma treta, o senhor vigário a embolsar a vasa

— Continua a pecar que eu vou ganhando

bebiam licor de tangerina numa bandeja com naperon, licor de frades em calicezinhos onde o sol pulava

(a minha mãe sempre de bicicleta à roda dos castanheiros, acho que o cabelo dela era castanho claro, as íris, tenho a certeza, verdes).

À noite um ramo batia na vidraça na sala da mesa de pingue-pongue, cá em baixo, onde nós dormíamos

(António, João e Pedro, repetia o polícia, António João e Pedro, os três santos populares, depois veio o Miguel e estragou tudo, queria ter um irmão chamado Euclides, toda a gente ficou a olhar para mim de boca aberta, o meu tio começou a rir e eu decidi

— Mato-o)

receosos dos lobos, a escutar a conversa das pessoas crescidas mas não se percebiam as palavras. A senhora D. Irene tocava harpa, tomava chá pela pontinha da boca num pânico de nódoas, tingia as madeixas de amarelo, falava-se que os tapetes dela eram lindíssimos, que tinha sido rica há muitos anos

(o que seriam muitos anos)

e a fortuna perdida era um mistério maior que o da Santíssima Trindade em que eu não acreditava nem deixava de acreditar: era um senhor barbudo, um homem com coração de espinhos e um pombo e a minha avó a rezar para afastar as trovoadas de setembro. Então vinha o sol, o Vergílio deixava-nos pegar nas rédeas da Carriça, mandaram embora a cozinheira, a cozinheira a querer abraçar a colega

— Ao menos um beijinho ao menos um beijinho
eu assustado
— O que foi?
— Nada
antes de jantar davam-nos duche por um balde com furinhos, íamos para a mesa em pijama e roupão de bochechas polidas como a pele escarlate das maçãs. Os dois tormentos piores do mundo eram lavar os dentes e comer a sopa, passavam-se imensas coisas esquisitas que não me explicavam mas não fazia mal enquanto houvesse rebuçados de hortelã pimenta e álbuns para colorir, deitado de barriga para baixo no soalho, a sujar tudo sem ninguém me ralhar e me levassem à serra ver nascer o Mondego, pedritas molhadas em que pessoas e bichos se afogavam
parece mentira
chegando a Coimbra. A senhora D. Irene tinha cara de quem namorou outrora um rapaz que se afogou, um alferes de bigode ou assim a sorrir-lhe durante a música da harpa em fumos lânguidos de cigarrilha. Existiram antes de eu nascer uma guerra em Espanha e uma outra dita Mundial, o mesmo nome dos caramelos para a tosse
(Caramelos Mundial não tem igual)
comprados a peso na mercearia do senhor Casimiro que usava óculos consertados com uma tira de adesivo. A mulher do senhor Casimiro chamava-nos os netinhos da senhora e a mercearia cheirava a sombra e a grelado. Colégio Grão Vasco, Colégio Grão Vasco: rapazes da minha idade atrás das grades. A mulher do senhor Casimiro não era gorda nem magra, dava-nos chupa-chupas coloridos, o ramo batia na vidraça da sala de pingue-pongue a noite inteira e nisto os uivos dos cães e os sinos a rebate por um fogo que não nos deixavam ver. Notava-se um halo encarnado, correrias, gritos, Pronto, voltem para a cama i-
-me-di-a-ta-men-te. A gente voltava e logo a seguir tinha trinta anos. Reparava-se então que a maior parte das pessoas se havia tornado fotografias mas o espirrozito de água do Mondego ainda lá está, entre musgos, penedos e árvores. Qualquer dia vou à serra em agosto e encontro
— Tão lindos
os netinhos da senhora. Ainda não sei nada da vida.

O campeão

Tropecei hoje numa fotografia de 1925 com uma bancada de gente de chapéu a aplaudir três homens que saltavam obstáculos, numa pista semelhante a um campo lavrado que o fastio das ovelhas desertara: era o primeiro Espanha-Portugal em atletismo e o retrato referia-se à prova de 110 metros com barreiras. Foi o meu tio Eloy o vencedor.
    Se é verdade o que diz o romancista
    O coração tem mais quartos do que uma casa de putas
    o tio Eloy não ocupa no meu um cubículo das traseiras mas uma suite completa com vista para o rio. Eu herdava-lhe as camisas de monograma, um F e um E cuidadosamente bordados, camisas adaptadas pela minha mãe ao meu tronco de rãzinha adolescente, F e E que quando me despia para a ginástica no liceu apareciam, de pernas para o ar, na fralda, nas costas, no sovaco, devido às cirurgias de tesoura e agulha da autora da minha existência.
    Às segundas e quintas-feiras uma assembleia de colegas rodeava-me no vestiário fazendo apostas sobre a localização das letras. O Cavaco recolhia o dinheiro. Lembro-me da manhã em que ganhou um diabético quase albino que jogara dez tostões na nuca. A minha mãe infelizmente nunca se lembrou de fazer fortuna com este totoloto de popeline. E o tio Eloy tornou-se sem o saber o ídolo do 4ºA.
    A mãe do tio Eloy era a avó Gui que possuía duas particularidades únicas: não era minha avó e comia grelos com uma boca tão elástica que o espectáculo daqueles molares de plasticina constituía o mais espantoso número de contorcionismo dentário que alguma vez observei. Além disso era uma senhora de tal modo notável em Pombal que o merceeiro ao somar-lhe as compras em voz alta com um resto de lápis anunciava respeitosamente

— Quatro e cinco nove e três doze e vai um, mas como é para Vossa Excelência vão dois, dois e sete nove e nove dezoito e sete vinte e cinco e vão dois, mas como é para Vossa Excelência vão três

e a avó Gui pagava com orgulhosa pompa o peso da sua importância.

O tio Eloy vestia como nenhum homem se vestia: sem uma prega, com uma elegância discreta desde o colarinho aos sapatos magníficos, capazes de fazer uma bola

(o tio Eloy tinha sido extremo esquerdo da Académica)

atravessar a Praia das Maçãs inteira com um único remate, saltar a lagoa e perder-se além do Alto da Vigia Mariscos & Bebidas que era uma ruína de cervejaria no topo da falésia. Bola em que o tio Eloy tocasse em Benfica podia ser encontrada na melhor das hipóteses a flutuar no Guadiana no meio de pescadores estupefactos. Esta proeza fazia com que o meu irmão João e eu o tentássemos imitar promovendo torneios de corridas nas áleas de saibro do jardim do nosso avô e lêssemos no sótão da Calçada do Tojal exemplares muito antigos do *Très Sport*, onde Georges Carpentier mostrava os punhos na solenidade um pouco cómica de um deus em ceroulas.

Além disso o tio Eloy cheirava bem. Tinha sentido de humor. Era inteligente. A educação, segundo o catecismo familiar, revelava-se à mesa de jantar e à mesa de jogo e o tio Eloy era imbatível em ambas: comia com gestos precisos de relojoeiro e se perdia às cartas deixava cair com um suspiro leve uma frase que ainda hoje escuto quando me lembro dele

— Há muitos anos que sou beleguim e nunca vi uma coisa assim.

Às quintas-feiras, nós, os sobrinhos, jantávamos em sua casa. À sobremesa oferecia-nos Anis del Mono em copinhos azuis, acertava os relógios de parede, deixava-nos na Travessa dos Arneiros e partia, oficialmente, para o serão nos Correios. Claro que não ia para o serão nos Correios mas ia para o serão nos Correios. Quando ele estava já muito doente

(e manteve na doença a mesma dignidade afectuosa que lhe conheci na saúde)

visitava-o no hospital e o seu pijama era mais bonito e de melhor gosto que o meu casaco novo. Impecavelmente penteado

e barbeado parecia que era ele que me vinha ver a mim. Uma noite não estava na clínica. Compreendi pela cara da minha tia que tinha ido fazer serão nos Correios. Não me preocupei muito: quando passar na Calçada do Tojal hei-de encontrá-lo como de costume à janela, de tronco nu, acenando lá de cima como um campeão de 110 metros com barreiras no final de uma prova. De uma prova que ganhou porque o filho da avó Gui
  (e vão dois, mas como é para Vossa Excelência vão três)
não era homem para perder fosse o que fosse.

Ó marreco olha o sonoro

Para mim o cinema continua a ser um barraco ao pé do mar com um lençol amarrado à parede de madeira preguando-se consoante o vento da noite, bancos corridos de pau e por detrás dos bancos o buraquinho da câmara que trepidava como um avião muito antigo e atravessava o cinema do buraquinho ao lençol num raio de luz poeirenta que foi o Espírito Santo da minha infância. Ouviam-se as ondas ao mesmo tempo que o filme, podia fumar sem o perigo de o meu pai aparecer
    (as pessoas da minha família e os adultos em geral, sabe-se lá porquê, não apreciavam grandemente sentarem-se por duas horas em bancos de pau sem costas)
    havia rapariguinhas lindíssimas, de 11 anos, que não pareciam impressionar-se nada com os meus cigarros roubados ao tio Eloy nem com o perfume da minha mãe com que eu encharcava os sovacos às escondidas na esperança de me fazer admirar por aquelas sereias indiferentes, todas cochichos, risinhos e pastilhas elásticas de balão, fascinadas por velhos de 15 anos, já decrépitos, já de barba, já de calças compridas, que às vezes até bebiam cerveja e tinham licença para voltar para casa depois da meia-noite. Para mim o cinema continua a ser uma imagem desfocada no lençol com o público a protestar aos gritos
    — Não se vê o boneco
    continua a ser Jeff Chandler a descer do cavalo, ora nítido ora enevoado, para, sem a ajuda de ninguém, acabar em três penadas com um batalhão de índios, uma coisa que eu, ao contrário dos decrépitos de 15 anos que só pensavam em revistas de criaturas nuas
    (que interesse pode ter uma revista de criaturas nuas comparada com o Tio Patinhas?)

me sentia capaz de fazer com a maior facilidade se me dessem um revólver igualzinho ao dele, e que as raparigas de 11 anos, todas olhos para os matulões das cervejas, não havia maneira de entenderem, e nisto o som do filme faltava, Jeff Chandler movia os lábios numa bronquite de bobines e de ondas na praia, o público assanhava-se

— Ó marreco olha o sonoro

o verde do farol entrava pelos interstícios das tábuas, uma traineira chegava a gaguejar gasóleo, Jeff Chandler disparava num silêncio absoluto e os índios caíam não um a um mas aos magotes por cada tiro

(uma única bala matava pelo menos uma dúzia de Sioux)

sem que se escutasse um gemido sequer, o público desesperava-se

— Ó marreco olha o sonoro

o som voltava um segundo quando Jeff Chandler se aproximava de Maureen O'Hara toda plumas e pudores, e desaparecia outra vez no instante do beijo final

(Maureen O'Hara devia ser um exemplo para todas as mulheres de 11 anos porque nunca a surpreendi aos cochichos nem aos risinhos e muito menos a mastigar pastilha elástica)

o público vociferava frenético

— Ó marreco olha o sonoro

as palavras The End apareciam a encarnado a vibrar no lençol, as lâmpadas do barracão acendiam-se e eu aproveitava para dar cabo de todos os anciões de 15 anos que podia com o colt do indicador espetado. Os pais das meninas esperavam-nas para as levarem para casa e eu ficava de pé no meio de uma multidão de cadáveres de apreciadores de criaturas nuas, invadido pelo altivo orgulho que habita os xerifes solitários enquanto o mar avançava e recuava na praia, de coração de súbito tristíssimo, saudoso de irresistíveis sereias indiferentes, ainda sem peito, de caras ocultas por balões de goma cor-de-rosa.

O paraíso

Quando eu era pequeno havia duas pastelarias em Benfica. Uma por baixo da igreja, frequentada pelo proletariado do bagaço, sempre cheia de serradura e de beatas esmagadas a que chamavam Adega dos Ossos e onde me desaconselhavam ir no receio de que eu me viciasse funestamente na ginjinha e no Português Suave e acabasse os meus dias a jogar dominó, a perder à sueca e a tossir no lenço. Era um estabelecimento escuro, cheio de garrafas na parede, em cuja vitrine havia mais moscas que pastéis de nata. Para além das prateleiras de lombadas de garrafas, uma biblioteca de delirium tremens, lembro-me do empregado vesgo, de olho direito furibundo e esquerdo de uma benevolente ternura, e do senhor Manuel sacristão que ali descia entre duas missas, de opa vermelha, a comungar copos de três numa unção eucarística oculto por trás do frigorífico no receio do prior, todo ele severidade e botões desde o pescoço aos sapatos, e para quem o vinho, quando fora das galhetas, adquiria a demoníaca propriedade de tresmalhar as ovelhas levando-as a preterir o rosário das seis horas a favor do vício abominável da bisca.

A outra pastelaria, quase em frente da primeira, tinha o nome de Paraíso de Benfica, era frequentada a seguir à missa por senhoras de devoção inoxidável, antimagnética e à prova de bala, como por exemplo as minhas avós e as minhas tias cuja intimidade com os santos me maravilhava e que se apressaram a ensinar-me o catecismo a partir do dia em que perguntei apontando uma pagela do Espírito Santo

— Quem é este pardal?

tentando explicar-me que Deus não era pardal, era pombo, e eu imaginei-o logo na Praça de Camões a comer à mão dos reformados, o que não me parecia uma actividade muito compatível com a criação do universo.

O Paraíso era o local que as senhoras invadiam a seguir à missa e os homens durante ela.

(Quando uma prima minha, indignada, perguntou ao marido se não ia à igreja ele respondeu com um sorrisinho óbvio

— Não preciso: estou no Paraíso. É mais fresco e tem cerveja.)

Ao contrário da Adega dos Ossos cheirava bem, nenhum empregado era vesgo, proibia-se o dominó, a opa do senhor Manuel não flutuava, clandestina, por trás do frigorífico e sobretudo os meus irmãos e eu tínhamos conta aberta para bolos e sorvetes. De início achei a conta aberta uma generosidade tão tocante que quase me fez chorar de gratidão. Compreendi depois que não se tratava propriamente de generosidade: é que aos domingos almoçávamos em casa da minha avó e a oferta de gelados e bolas de berlim destinava-se a desviar-me das nádegas rupestres da cozinheira cujos encantos eu havia começado a descobrir por essa altura. Dividido no meio de dois Paraísos igualmente celestiais hesitei meses a fio entre os duchesses e o fogão de quatro bicos.

Acabei por optar pelo fogão. Quando tempos volvidos a cozinheira se casou com um polícia

(todas as cozinheiras casavam com polícias)

e tentei regressar às bolas de berlim, a minha avó desiludida com os meus pecados havia cancelado a conta. Desesperado, dispus-me a acompanhá-la a Fátima numa excursão de viúvas para lhe reconquistar o afecto e os bolos de arroz: nem esse sacrifício heróico a comoveu. E passei a viver numa dupla orfandade insuportável da qual nenhuma queijada nem nenhum avental se interessaram até hoje em salvar-me.

Crónica de Natal

Nesta altura do ano quando chega o Natal lembro-me sempre do meu avô. Quer dizer lembro-me muitas vezes do meu avô mas lembro-me imenso no Natal porque enquanto o meu avô viveu foi a época mais feliz da minha vida. Eu era o filho mais velho do seu filho mais velho, chamo-me António Lobo Antunes por ser o nome dele

    (embora preferisse ter no bilhete de identidade Cisco Kid ou Hopalong Cassidy)

    levou-me a Pádua fazer a primeira comunhão depois de devidamente confessado em sua casa pelo senhor prior

    (aos sábados o meu avô dava um almoço aos padres e o da Amadora aproveitava para me agarrar a cabeça em beijos enternecidos

    — Ai cara de um anjo ai cara de um anjo

    lambuzando-me de fervores místicos, vamos partir do princípio que eram fervores místicos e eu torcia-me e retorcia--me por me incomodar o cuspo e as mãos demasiado quentes e macias)

    levou-me a Pádua, de Nash, fazer a primeira comunhão, Espanha, França, Suíça, Itália, passei dias a vomitar no automóvel, aborreci-me de morte nos museus onde o meu pai me fazia palestras intermináveis diante dos quadros e estátuas, e aborreci--me de morte porque não havia um só quadro que representasse Cisco Kid, apenas senhoras de renda, Cristos na agonia e leprosos de pedra a que faltavam bocados, fui atropelado por uma bicicleta em Berna, na Igreja de Santo António vi-me à rasquinha com a hóstia que não se despegava do céu da boca e eu dividido entre a vontade de meter o dedo lá dentro e o medo pânico de magoar o Jesus com a unha, perdi-me em Veneza, comi imensos gelados, quando voltei o meu irmão João tinha partido um braço, a tia Madalena mandou pôr gesso e mordi-me de inveja de estar inteiro sem nada pendurado do pescoço.

Mas voltando aos Natais, em casa do meu avô eram um acontecimento. A seguir ao peru e antes das tias poeirentas do Brasil que moravam para os lados da rua Braamcamp e eu só via em dezembro

(recordo-me de andares escuros, de brilhos de prata na penumbra, de pianos, de criadas que se chamavam todas Conceição, de velhinhas que cheiravam a remédio, tia Mimi, tia Biluca, de móveis ameaçadores e de corredores sem fim)

a minha avó ordenava a uma das filhas

— Mande entrar o pessoal

o pessoal alinhava-se contra a parede, o caseiro, a mulher do caseiro, os filhos do caseiro, o jardineiro, a cozinheira, os restantes mujiques, a minha avó numa pompa de condecorações de 10 de junho distribuía cruzes de guerra de embrulhos com coisas moles, meias, camisolas e assim, pelos servos agradecidos. Uma vez satisfeitos os mujiques, regressados em fila às catacumbas da cozinha

(eu adorava ir à cozinha porque toda a gente se levantava e me fazia vénias enquanto na sala não me ligavam nenhuma e continuavam a jogar às cartas, ou, se me ligavam, era para dizer

— O menino cale-se

entre duas canastas de mão)

passava-se ao presépio com montanhas de cartolina, musgo e pedaços de espelho a fingir de lagos, diante do qual crescia um himalaia de presentes. Havia coisas de vestir que alegravam a minha mãe e me enfureciam a mim dado que coisas de vestir eram presentes para ela e nunca reparei que Hopalong Cassidy usasse sobretudos e calções, e coisas que me alegravam a mim e enfureciam a minha mãe tais como revólveres de fulminantes e outras maravilhas de fazer barulho que perturbavam a canasta

(— Vá dar tiros e soprar gaitas para outro lado que não consigo concentrar-me)

sem falar nas bolas que partiam vidros e terrinas, nos rebuçados cujos papéis peganhentos se colavam aos vestidos da família e nos automóveis de corda que se alguém punha um pé em cima dava um mortal para trás mais espectacular que os acrobatas do Coliseu. O meu avô de boquilha presidia à confusão com um sorriso

(foi a única pessoa que nunca me mandou calar nem parar de dar tiros e a quem as gaitas divertiam)

e como bom oficial de Cavalaria e veterano de guerra não achava mal que eu fuzilasse as visitas com tiros nas orelhas, visitas que pulavam de susto e caíam nas cadeiras, muito brancas, de mão no peito, a olharem para mim como se me quisessem pulverizar e a sorrirem para ele um risinho desmaiado

— O seu neto tem imensa vida

em que se adivinhava o desejo incompreensível de me verem atado de pés e mãos com uma mordaça na boca.

Depois o meu avô morreu, venderam a casa, a família dispersou-se e os Natais acabaram. Os Natais agora são o que vejo nas montras das lojas: as Boas-Festas das gerências, as pastelarias com notas de quinhentos escudos presas aos pinheiros com molas de roupa, um Pai Natal triste à porta de um supermercado a distribuir prospectos de margarinas e telemóveis. Os Natais agora sou eu atrás das palavras de um romance, de bloco nos joelhos, a cozinha sem mujique nenhum, os meus irmãos com cabelos brancos, sobrinhos que nunca ouviram falar de Cisco Kid. Mas pode ser que para o ano me ofereçam uma pistola de fulminantes e ao disparar o primeiro o meu avô reapareça, me volte a pousar a mão no ombro, me faça aquela festa que ele me fazia com o polegar na nuca

(— O meu netinho)

e eu sinta de novo a sua força e ternura, sinta de novo, como sempre senti, que estando junto dele nunca nenhuma coisa má, nenhuma coisa triste, nenhuma coisa reles me poderia acontecer porque o meu avô não havia de deixar.

O nadador olímpico e o amendoim

Na minha adolescência, quando passava os verões na piscina da Praia das Maçãs o mundo era presidido por duas figuras tutelares, uma que dominava o dia e outra que dominava a noite. O dia pertença exclusiva do Nadador Olímpico, a noite o reino do Pianista de Boîte.

O Nadador Olímpico usava um panamá na cabeça, um apito ao pescoço e chinelos de borracha, desses que se enfiam entre o dedo grande e o dedo a seguir ao grande do pé exactamente como as criptomegeras de Olivais Sul, e marchava em torno da piscina a passo de brigadeiro dando ordens de crawl aos afogados. Para além disso tinha óculos espelhados, ombros que principiavam a amolecer numa desistência de plasticina e escrevera um livro, à venda no balneário que alugava calções de banho a imitar pele de tigre, de título definitivo e imponente: *saber nadar é tão importante e útil como saber ler ou escrever*. O capítulo inicial chamava-se "Camões, o primeiro campeão português de natação", e este lado intelectual do Nadador Olímpico fazia com que eu sentisse por ele uma admiração extasiada: finalmente conhecia alguém que associava o trampolim ao decassílabo, meditando sonetos enquanto os alunos estrebuchavam na água gritando por socorro até ao gluglu do último suspiro.

Quando o crepúsculo chegava o Nadador Olímpico era substituído pelo Pianista de Boîte que enchia a Concha, um paraíso de sombras e luzes veladas sobre as trevas da piscina, de lamentos de paixão em forma de bolero.

Por não ter idade para ser admitido nesse santuário de slows ficava cá fora sentado num degrau a impregnar-me de uma melancolia de desejos confusos enquanto o Pianista de Boîte sussurrava ao microfone

      Meu bem
      Esse teu corpo parece
      Do jeito que ele me aquece
      Um amendoim torradinho.

    Ao contrário do Nadador Olímpico o Pianista de Boîte era gorducho e de óculos não espelhados, não tinha nenhum apito ao pescoço e não parecia interessar-se por aí além pela importância e utilidade dos conhecimentos náuticos: avançava a boca em funil para o microfone, borboleteava as pálpebras e anunciava num murmúrio de paixão

      Meu bem
      Esse teu corpo parece
      Do jeito que ele me aquece
      Um amendoim torradinho.

    O amendoim torradinho devia ser a esposa, uma espanhola parecida com os desenhos do Cara Alegre que nessa época representavam para mim
        (e aqui entre nós creio que ainda representam um pouco)
    o ideal da beleza feminina. Quando por volta da uma hora da tarde o Amendoim Torradinho surgia na piscina, loira, voluptuosa, inacessível, lenta como um andor, de enormes brincos prateados, eu sentia os meus ossos fumegarem de paixão. O tempo parecia suspender-se, os que saltavam da prancha de sete metros imobilizavam-se no ar, um frémito de desejo sacudia os banhistas embasbacados e apenas o Nadador Olímpico, indiferente, continuava a apitar para os seus aprendizes de náufragos de repente capazes de caminhar sobre as águas. Foi uma surpresa para mim que o Amendoim Torradinho e o Nadador Olímpico tenham escandalosamente desaparecido da piscina para irem nadar crawl a dois num hotel qualquer do Norte do país. Pessoalmente senti-me tão traído como o Pianista de Boîte. E passei a cantar sozinho em casa, sem acompanhamento, com uma colher a servir de microfone

      Meu bem
      Esse teu corpo parece

Do jeito que ele me aquece
Um amendoim torradinho

    na esperança que um dos desenhos do Cara Alegre saísse da revista, me tomasse pela mão e desse comigo a volta ao dia em oitenta mundos na cama onde noite após noite eu suspirava pelo Amendoim Torradinho a pedalar solitariamente nos lençóis.

Retrato do artista

A Feira do Livro

A Feira do Livro é estar sentado debaixo de um guarda-sol às listras a dar autógrafos e a comer os gelados que a minha filha Isabel me vai trazendo de uma barraquinha três editoras adiante, preocupada com as atribulações de um pai suado, de repente da idade dela, a escrever dedicatórias, de língua de fora, numa aplicação escolar. Isto não é uma queixa: gosto das pessoas, gosto que me leiam, gosto sobretudo de conhecer as pessoas que me lêem e me ajudam a sentir que não lanço ao acaso do mar garrafas com mensagens corsárias que se não sabe onde vão ter, e gosto dos romances que escrevi. Tenho orgulho neles e tenho orgulho em mim por ter sido capaz de os fazer. De modo que ali estou, satisfeito e tímido, acompanhado pelo Nelson de Matos que me pastoreia com paciência, com uma placa com o meu nome e as capas em leque à minha frente, um pouco com a sensação de vender bijuterias marroquinas nos túneis do Metropolitano do Marquês ou fatos de treino fosforescentes na Feira do Relógio, que os leitores folheiam, compram, me estendem para o selo branco, e eu em lugar de lhes explicar obsequioso e seguro que os livros não desbotam nem encolhem na máquina limito-me por falta de vocação cigana a pôr a etiqueta lá dentro

(Deus sabe o que me apetece às vezes assinar Hermès ou Valentino)

     e a devolvê-los com o sorriso lojista de quem garante qualidade e boa malha. Como nos saldos da Avenida de Roma acontece de tudo: é o senhor de meia-idade e olhinho alcoviteiro que abre *Os cus de Judas*, o folheia com curiosidade primeiro e com desilusão depois e se afasta a desabafar para um sócio de unha guitarrista

— Bolas nem sequer traz fotografias

é o rapaz de cabelo amestrado a gel e crocodilo no mamilo, como dizia o Alexandre, que pergunta numa piscadela cúmplice

— Já agora qual é o que tem mais curtições assim cenas de cama está a perceber?

é a tia virtuosa, de sapatos tipo caixa de violino, preocupada com a educação dos sobrinhos, essas tias que se oferecem sempre para os levar a fazer chichi, que me observa com severidade apostólica

— O que devo comprar para a minha afilhada coitadinha que fez anteontem a primeira comunhão?

é o autoritário que espeta o dedo na página e ordena em voz de furriel

— Ora meta aí: para a Fernanda no seu trigésimo oitavo aniversário com os melhores votos de felicidades e agora enfie o seu apelido

é o que fica a seguir, desconfiadíssimo, o aviar da receita, inclinado para diante de mãos nos bolsos do rabo, e me corrige ultrajado

— Elizabeth é com th você tem alguma coisa contra as Elizabeths ou não é escritor?

Às sete da tarde levanto a tenda. O letreiro com o meu nome desaparece, desaparecem os livros e como por felicidade não moro em Loures nem na Damaia de Cima tenho tempo de celebrar com a Isabel o fim dos saldos lambendo um último gelado. Sentamo-nos na relva como um par de namorados e seguimos à distância os outros vendedores de bijuterias marroquinas ou de fatos de treino fosforescentes a autenticarem os seus produtos num afã de balconista enquanto nós dividimos os *Almanaques do tio Patinhas* comprados numa prateleira dedicada às leituras difíceis e cujos títulos me encantam: *Psicanalise-se a si mesmo, Como enriquecer sem sair de casa, A vida sexual de Adolfo Hitler, Dez cegos célebres, A cura do cancro do útero pelo método espírita.* Um bêbedo ao pé de nós ressona como um motor a dois tempos sobressaltos de motorizada. O céu enche-se de nuvens Magritte. Proponho à minha filha uma corrida até ao automóvel e o último a chegar é maricas. No carro ao lado do nosso o autoritário da Fernanda descompõe a dita: tem uma mascote no retrovisor, duas no vidro traseiro, o autocolante de uma menina de chapéu no guarda-lamas, e interrompe-se para a informar

— Aquele é que é o gajo que escreveu o livro.

A Fernanda, toda transparências e folhos, lança-me um rímel distraído do alto da sua opulência glandular e a Isabel que lhe apanhou a indiferença e o soslaio em pleno voo aconselha-me com pena de mim a caminho do hamburger do jantar

— Depois disto tudo eu achava melhor o pai não ser escritor.

Retrato do artista quando jovem

Quando por volta dos oito anos de idade resolvi dedicar-me à literatura imaginava que todos os escritores sem excepção se pareciam com Sandokan Soberano da Malásia
 (meu herói de então e agora)
 quer dizer, lindíssimos, morenos, de barba, olhos verdes e um rubi na testa a meio do turbante. O facto de ser loiro, de olho azul e sem rubi preocupava-me e cheguei a pensar em esfregar o cabelo com graxa de sapatos para escurecer as melenas: ainda experimentei na franja, fiquei igualzinho a um limpa-chaminés anão, perguntaram-me
 — O menino é parvo ou faz-se?
 mandaram-me lavar a cara e as mãos e vir para a mesa e passei o jantar de nariz no caldo verde a odiar os meus pais por não me terem feito mulato. Na minha opinião possuía um físico difícil para o drama, a poesia, o conto, e preparava-me para mudar de carreira e ser reformado, mártir ou refém
 (as três carreiras alternativas que me tinha proposto seguir em adulto se as artes me falhassem)
 quando num domingo providencial vi em Benfica um senhor gordo, de óculos e fato de linho, a lamber um sorvete de morango diante da montra da Mariju.
 Informaram-me que era o poeta José Blanc de Portugal que eu nunca tinha lido porque *Sandokan e o mundo de aventuras* me chegavam e sobejavam como alimento espiritual, e sosseguei. O poeta era no mínimo a antítese do Soberano da Malásia: em lugar de cimitarra usava uma barriga considerável, não trazia um anel de pedra negra no indicador, não me deu a impressão de ir abordar qualquer navio, pespegou-me um beijinho sem marcialidade nenhuma, um tudo-nada peganhento por causa do gelado, e continuou a contemplar a vitrine da Mariju onde três mane-

quins vestidos de noiva se inclinavam para ele do outro lado do vidro numa solicitude de musas petrificadas oferecendo-lhe flores de laranjeira em invólucros de gaze.

Já no quarto enquanto o meu irmão João estudava

(o João e eu partilhámos o quarto durante mais de vinte anos e durante mais de vinte anos ele estudou e eu olhei para o tecto)

cheguei à conclusão que os escritores afinal eram todos cavalheiros gordos a chuparem barquilhos, de fato de linho branco, pasmados para as toiletes da Mariju. Abandonei o plano de me tornar Sandokan e passei a comer cinco carcaças com geleia de cereja ao pequeno-almoço na esperança de ganhar barriga. Não consegui barriga mas em compensação recebi um cólon irritável que ainda me acompanha com uma fidelidade que enternece. Desesperava-me sem sucesso a adquirir banhas artísticas e a continuar magro como um pau de fio e eis que descubro no primeiro ano do liceu

(julgo que foi no primeiro ano do liceu, não me recordo bem)

um professor de ruga atormentada na testa como se os rins da alma lhe doessem que atravessava o pátio do recreio torcido por incómodos metafísicos. Um colega mais instruído revelou-me que o professor se chamava Vergílio Ferreira e publicava livros: observei-lhe melhor as úlceras existenciais

(a criatura parecia descascar-se em sofrimento)

e levei meses a treinar ao espelho cálculos na uretra da sensibilidade e a tentar falar francês com sotaque de porteira. Logo que me senti suficientemente Vergílio e suficientemente Ferreira compareci ao jantar ansiosíssimo com o sentido da existência, pronto a redigir uma *Manhã submersa* qualquer, já podre e tudo de passar tanto tempo debaixo da água, recusei os croquetes com uma melancolia obstinada, perguntaram-me

— O menino é parvo ou faz-se?

eu respondi com firmeza

— Os escritores são assim

mandaram-me ter juízo e separar as sobrancelhas porque graças a Deus não padecia de hemorróidas, o meu pai mostrou-me o retrato de Byron e eu decidi partir no dia seguinte para a Grécia e morrer em combate a recitar alexandrinos. Como não tinha dinheiro que chegasse para o avião fui de camioneta a Vila Franca onde não existia uma batalha sequer

(lembro-me vagamente de um coreto, umas árvores raquíticas e uns velhotes de chapéu em bancos de jardim no meio de uma paz de pombos)

voltei para casa tardíssimo e cheio de saúde, levei duas palmadas por ter preocupado a minha mãe e em vez de estudar geografia para o ponto da manhã seguinte iniciei de imediato

(ao mesmo tempo que o João estudava geografia para o ponto da manhã seguinte)

uma novela tremenda chamada *Sob o signo de Capricórnio*. Não acertei numa única serra nem num único rio, apanhei medíocre no teste

(o João teve Muito Bom+)

e acabei o primeiro capítulo. Nunca houve segundo: confiscaram-me o manuscrito, apontaram-me Flaubert como exemplo, mas por não lograr nenhum ataque epiléptico

(espernear nunca foi o meu forte)

e o bigode não haver maneira de crescer decidi em desespero de causa fazer o que me apetecia realmente: ser jogador de hóquei em patins e produzir obras-primas nos intervalos.

Andei pelo Futebol Benfica e pelo Benfica e entre os treinos principiei a acumular poemas e prosas que não faço a mínima ideia onde param. Espero que no Tejo. E apenas por falta de vocação para reformado, mártir ou refém, acabei romancista. Estranho, porque não sou gordo nem inteiramente feio, não tenho uma prega na testa, não combati na Grécia, não uso óculos nem barba, não janto nos restaurantes de génios do Bairro Alto, não cheiro mal da boca, não bebo álcool e estou-me por completo nas tintas para os êxitos ou fracassos dos outros que não me alegram nem me entristecem peva excepto no que diz respeito aos dois ou três amigos que admiro. Felizmente que é assim para não correr o risco de uma voz interior me perguntar indignada e sardónica

— O menino é parvo ou faz-se?

se eu resolvesse armar em intelectual português como outrora tentava armar em Sandokan a pintar a franja com graxa de sapatos.

A compaixão do fogo

Acontece-me pensar de tempos a tempos na senhora a quem perguntaram se a estátua era equestre. Hesitou, ponderou o assunto e acabou por responder com firmeza:
— Assim assim.
Cocteau considerava esta frase a melhor definição do centauro. Provavelmente estamos todos mais ou menos assim assim na vida, dado que a existência é a arte do inacabado que a morte interrompe de súbito como uma piada de mau gosto, a maior parte das vezes na altura em que principiávamos a habituar-nos ao desconforto da cadeira dos dias pelo facto de confundirmos resignação com sabedoria e desinteresse com paciência. Um crítico teatral possuía o critério infalível de achar uma peça de qualidade aquela em que não lhe doía o rabo ao fim do segundo acto, o que tornava a ausência de hemorróidas mais importante que os diálogos: o sucesso, essa espécie de fracasso adiado, não resiste a uma dor de dentes. Duas coisas me assustam nele: a horrível vulgaridade que o acompanha e o facto de, no alto do pedestal, sentirmos na sombra, invisível mas presente, o desconhecido que em breve nos tomará o lugar. Os prémios literários, por exemplo, afiguram-se-me tão aleatórios como um concurso hípico. Sempre que havia uma eleição no parlamento francês Clemenceau anunciava
— Voto no mais burro.
Em Portugal não os aceito por medo que os burros votem em Clemenceau. No estrangeiro, de onde chovem com uma abundância que me confunde, aceito os que me oferecem os países de que gosto por uma questão de turismo de borla, desde que não me obriguem a dar entrevistas nem a fazer discursos. O meu amigo José Cardoso Pires admirava-se de me ver empilhar os troféus na casa de banho: expliquei-lhe a sua função laxante e

a esperança de que um dia o autoclismo os levasse a todos a caminho do Tejo. E quanto à literatura sempre fui da opinião que os únicos romances que devemos reler para melhorar o trabalho são aqueles que escrevemos, embora deteste visitar cemitérios de palavras num desconsolo de viúva. Olho para as estantes e o que vejo são pequeninos túmulos fechados com cadáveres lá dentro, aos quais me repugna oferecer os jacintos que se compram no portão a vendedoras ambulantes de lágrimas. A minha tarefa consiste em desfazer livro a livro os tricots que construí, em desmontar os estados de alma que criei, em jogar para o lixo as estátuas que pretendi que admirassem, em ser suficientemente corajoso a fim de subverter as leis que tomei como dogmas, em tomar balanço a pés juntos, sobre os meus erros, para chegar mais longe, o que me impede a satisfação da felicidade mas me reserva a esperança do prazer dos leitores. E não existe aqui altruísmo algum porque não sou um escritor generoso: apenas um homem de orgulho que julga que ser dotado é ir além do que pode. Não estou no mundo para ajudar os meus admiradores a atravessar a rua.

Recordo-me de um crítico me dizer de um autor, cuidando elogiá-lo, que possuía ideias muito fortes: uma ideia muito forte é o pior erro de uma obra de ficção, dado que a condiciona e a limita: é necessário que os parágrafos se devorem em vez de se alinharem, como um pelotão militar, ao serviço da causa do oficial que os comanda e que não é a sua. É impossível escrever sem contradição, tortura, veemência, remorso e essa espécie de fúria indignada das sarças ardentes que lança as emoções umas de encontro às outras num exaltamento perpétuo. As ideias muito fortes desaguam nas certezas e onde estiverem certezas a arte é impossível. Em contrapartida torna possíveis os bons maus romances que os poderes oficiais exaltam porque os não questionam e louvam porque os não desprezam, ainda que finjam questionar e desprezar. A casa de banho, próximo da sanita, é o único lugar digno para as recompensas literárias que em regra, aliás, são feiíssimas: os meus monstros, em exposição no mármore do lavatório, detêm um higiénico efeito revulsivo. Para ser inteiramente sincero não os considero meus, mas apenas uma tentativa de me anular adoptando-me, conforme fizeram com o pobre Camilo ao nomearem-no visconde de Correia Botelho.

Não estou quase cego nem tão desesperado que caia no engodo ou aceite a prebenda, e a minha sede de aplauso mundano é nula porque o meu apetite de escrever é enorme. Talvez acabe morrendo sozinho, numa pobre estação isolada de caminho-de-ferro, como Tolstoi. Espero que sim, porque enquanto agonizava, deitado numa espécie de maca, os seus dedos continuavam a desenhar no lençol letras e letras que o encarregado dos comboios ia tentando ler. Uma estação de caminho-de-ferro isolada pela neve, um velho agonizante a deixar na mortalha uma mensagem de fogo e um camponês a soletrar-lhe as frases até que a mão parou. A mulher de Tolstoi no seu diário: morei quarenta anos com Leão Nicolaievitch e nunca soube que espécie de homem ele era. Ninguém sabia então. Hoje sabemos: fez-nos erguer sobre as patas traseiras e projectamos uma enorme sombra.

Os Sonetos a Cristo

Nas entrevistas, que são para mim a forma de interrogatório mais assustadora do mundo por me enfiarem um gravador na boca e me ordenarem que possua ideias e opiniões gerais, que são coisa que nunca tive, a conversa acaba por guinar inevitavelmente para a pergunta calista: Como começou a escrever? à qual já devo ter dado pelo menos umas 300 respostas diferentes, das que suponho inteligentes às que presumo irónicas sem nunca ter sido sincero. A verdade é que comecei a escrever aos 13 anos devido a dolorosas necessidades materiais como podia haver-me especializado em impingir pensos rápidos no café ou exibido atestados de tuberculose nos semáforos na esperança de comover a generosidade alheia.

Na altura afigurou-se-me mais fácil comover a minha avó. Em primeiro lugar por receio de que a minha família não visse com bons olhos o primogénito a circular de mesa em mesa nas pastelarias propondo consolo para as unhas encravadas e em segundo lugar porque me era difícil tossir convincentemente sobre meia folha de papel selado que garantia que eu cuspia a alma no Sanatório do Lumiar. O catarro não se inventa: conquista-se à custa de vários maços de Português Suave por dia e eu à época achava-me reduzido a um Chesterfield ocasional roubado à minha mãe e chupado à janela da casa de banho no pavor de me surpreenderem nesse acto pecaminoso que se traduzia em tonturas, lágrimas nos olhos e muita pasta de dentes a seguir para tirar o cheiro.

Foi então que me surgiu a ideia luminosa dos Sonetos a Cristo. Os Sonetos a Cristo salvaram-me da miséria. Devo-lhes ter tido dinheiro para pastilhas elásticas, segundos balcões no Éden, garotos na Adega dos Ossos, bolos de arroz nos intervalos do liceu e livros em segunda mão da Editorial Minerva com abomináveis traduções de Máximo Gorki que eu considerava um escritor sublime e cujos parágrafos mal impressos se me pegavam aos dedos contando infâncias pobres e tristes, suportadas com rebeldia heróica em torno de um samovar

(durante séculos presumi que samovar era o equivalente russo da cimitarra de Salgari que eu também não sabia o que era mas o parentesco incompreensível bastava-me.)

Os Sonetos a Cristo elaborados à média de um por semana tratavam, em duas quadras e dois tercetos rimados e contados, de episódios da breve existência terrena do Filho de Deus. Nas quadras eu desfalecia um bocado mas dava o dó de peito nos tercetos com a introdução de uns tantos judeus maldosos e de uns romanos de capacete muito dados a espetarem lanças nas pessoas, e em geral acabava com uma agonia no calvário, com um ladrão de cada lado a ampararem o Senhor como os elefantes de marfim amparavam livros encadernados nos terceiros andares da Visconde de Valmor.

Composta a tragédia passava-a a limpo em papel de carta cor-de-rosa com pombinhos no canto, enfiava-a no bolso, tocava à campainha da minha avó com um ar pesaroso de catástrofe iminente e quando ela, preocupada, me convocava para o quarto a fim de se inteirar da desgraça que me acontecera

(a desgraça era o meu forte e a minha avó dedicava boa parte da vida a reparar-me as asneiras)

encostava-me ao oratório onde a corte celeste se achava representada em talha, barro, bronze e materiais menos nobres, extraía o soneto da algibeira e declamava-o o mais cavamente que podia revirando pálpebras de mártir. A minha avó, convencida que o neto preparava uma carreira de arcebispo, abria o cofre que não sei porquê andava sempre junto dos santinhos e premiava-me a devoção com o equivalente a uma lateral no Estádio da Luz e a um bagaço clandestino na Adega dos Ossos bebido virilmente entre engasgos e espirros.

Acho que aquilo que escrevi a seguir e que apenas comecei a publicar depois da sua morte se lhe dirige ainda. E sempre que o editor me entrega um dos primeiros exemplares do novo romance é na minha avó que penso. Não sei se gostará dos meus livros como nunca soube se gostava dos Sonetos a Cristo mas tenho esperança de que me dê 20 escudos por eles e sobretudo o beijo que acompanhava a nota e que desde que ela se foi embora nunca mais recebi.

De Deus como apreciador de jazz

Cresci com um enorme retrato de Charlie Parker no quarto. Julgo que para um miúdo que resumia toda a sua ambição em tornar-se escritor Charlie Parker era de facto a companhia ideal. Esse pobre, sublime, miserável, genial drogado que passou a vida a matar-se e morreu de juventude como outros de velhice continua a encarnar para mim aquela frase da *Arte poética* de Horácio que resume o que deve ser qualquer livro ou pintura ou sinfonia ou o que seja: uma bela desordem precedida do furor poético

        diz ele

        é o fundamento da ode. Sempre que me falam de palavras e influências rio-me um pouco por dentro: quem ajudou de facto a amadurecer o meu trabalho foram os músicos. A minha estrada de Damasco ocorreu há cerca de dez anos, diante de um aparelho de televisão onde um ornitólogo inglês explicava o canto dos pássaros. Tornava-o não sei quantas vezes mais lento, decompunha-o e provava, comparando com obras de Haendel e Mozart, a sua estrutura sinfónica. No fim do programa eu tinha compreendido o que devia fazer: utilizar as personagens como os diversos instrumentos de uma orquestra e transformar o romance numa partitura. Beethoven, Brahms e Mahler serviram-me de modelo para *A ordem natural das coisas*, *A morte de Carlos Gardel* e *O manual dos inquisidores*, até me achar capaz de compor por conta própria juntando o que aprendi com os saxofonistas de jazz, principalmente Charlie Parker, Lester Young e Ben Webster, o Ben Webster da fase final, de *Atmosfera para amantes e ladrões*, onde se entende mais sobre metáforas directas e retenção de informação do que em qualquer breviário de técnica literária. Lester Young, esse, ensinou-me a frasear. Era um homem que começou por tocar bateria. Um crítico perguntou-lhe qual o motivo que o levara a mudar da bateria para um instrumento de sopro e ele explicou:

— Sabe, a bateria é uma coisa horrivelmente complicada. No fim dos concertos, quando acabava de desarmá-la, já todos os colegas se tinham ido embora com as raparigas mais bonitas.

O facto de desejar ter também raparigas bonitas levou-o, entre outras obras-primas, a *These Foolish Things* onde cada nota parece o último suspiro de um anjo iluminado. A fotografia que dele tenho mostra um homem sentado na borda da cama de um quarto de hotel com um sax tenor ao lado. Magro e envelhecido fita-nos através dos anos com os olhos mais doces e tristes que já vi. Usa uma gravata torta e um casaco amassado, e poucas pessoas estiveram decerto tão perto de Deus quanto esse vagabundo celeste. Ben Webster, por seu turno, assemelhava-se a um lojista gordo que uma auréola invisível mas óbvia transfigurava. Estas três criaturas sentavam-se à direita do Pai e espanta-me não as encontrar nos altares das igrejas. Talvez que não exista lugar, em céus de mármore e gesso, para alcoólicos promíscuos e pecadores sem remédio. Talvez haja pessoas que se sintam melhor na companhia de criaturas edificantes que não edificaram nada a não ser vidas sem alegria rematadas por agonias virtuosas em odores de açucena. Como penso que Deus não é parvo estou certo que lhe dariam comichão tanta bondade melancólica e tanta estreiteza sem mérito. Aposto mesmo que toca bateria a fim de deixar para os outros as raparigas mais bonitas, e ficar a arrumar discretamente tudo aquilo, tambores e pratos, enquanto Charlie Parker, Lester Young e Ben Webster levam em paz o gin, a marijuana e as miúdas jeitosas para um estúdio de gravação onde Billie Holliday principiou agora mesmo a cantar o Seu poder e a Sua glória até ao fim dos tempos.

Receita para me lerem

Sempre que alguém afirma ter lido um livro meu fico decepcionado com o erro. É que os meus livros não são para ser lidos no sentido em que usualmente se chama ler: a única forma
parece-me
de abordar os romances que escrevo é apanhá-los do mesmo modo que se apanha uma doença. Dizia-se de Bjorn Borg, comparando-o com outros tenistas, que estes jogavam ténis enquanto Borg jogava outra coisa. Aquilo a que por comodidade chamei romances, como poderia ter chamado poemas, visões, o que se quiser, apenas se entenderão se os tomarem por outra coisa. A pessoa tem de renunciar à sua própria chave
aquela que todos temos para abrir a vida, a nossa e a alheia
e utilizar a chave que o texto lhe oferece. De outra maneira torna-se incompreensível, dado que as palavras são apenas signos de sentimentos íntimos, e as personagens, situações e intriga os pretextos de superfície que utilizo para conduzir ao fundo avesso da alma. A verdadeira aventura que proponho é aquela que o narrador e o leitor fazem em conjunto ao negrume do inconsciente, à raiz da natureza humana. Quem não entender isto aperceber-se-á apenas dos aspectos mais parcelares e menos importantes dos livros: o país, a relação homem-mulher, o problema da identidade e da procura dela, África e a brutalidade da exploração colonial, etc., temas se calhar muito importantes do ponto de vista político, ou social, ou antropológico, mas que nada têm a ver com o meu trabalho. O mais que, em geral, recebemos da vida é um conhecimento dela que chega demasiado tarde. Por isso não existem nas minhas obras sentidos exclusivos nem conclusões definidas: são, somente, símbolos materiais de ilusões fantásticas, a racionalidade truncada que é a nossa. É preciso que

se abandonem ao seu aparente desleixo, às suspensões, às longas elipses, ao assombrado vaivém de ondas que, a pouco e pouco, os levarão ao encontro da treva fatal, indispensável ao renascimento e à renovação do espírito. É necessário que a confiança nos valores comuns se dissolva página a página, que a nossa enganosa coesão interior vá perdendo gradualmente o sentido que não possui e todavia lhe dávamos, para que outra ordem nasça desse choque, pode ser que amargo mas inevitável. Gostaria que os meus romances não estivessem nas livrarias ao lado dos outros, mas afastados e numa caixa hermética, para não contagiarem as narrativas alheias ou os leitores desprevenidos: é que sai caro buscar uma mentira e encontrar uma verdade. Caminhem pelas minhas páginas como num sonho porque é nesse sonho, nas suas claridades e nas suas sombras, que se irão achando os significados do romance, numa intensidade que corresponderá aos vossos instintos de claridade e às sombras da vossa pré-história. E, uma vez acabada a viagem

  e fechado o livro

    convalesça. Exijo que o leitor tenha uma voz entre as vozes do romance

    ou poema, ou visão, ou outro nome que lhes apeteça dar

  a fim de poder ter assento no meio dos demónios e dos anjos da terra. Outra abordagem do que escrevo é

  limita-se a ser

    uma leitura, não uma iniciação ao ermo onde o visitante terá a sua carne consumida na solidão e na alegria. Isto não se torna complicado se tomarem a obra como a tal doença que acima referi: verão que regressam de vocês mesmos carregados de despojos. Alguns

  quase todos

    os mal entendidos em relação ao que faço, derivam do facto de abordarem o que escrevo como nos ensinaram a abordar qualquer narrativa. E a surpresa vem de não existir narrativa no sentido comum do termo, mas apenas largos círculos concêntricos que se estreitam e aparentemente nos sufocam. E sufocam-nos aparentemente para melhor respirarmos. Abandonem as vossas roupas de criaturas civilizadas, cheias de restrições, e permitam-se escutar a voz do corpo. Reparem como as figuras que povoam o que digo não são descritas e quase não possuem relevo: é que se trata de vocês mesmos. Disse em tempos que o livro ideal seria aquele em que todas as páginas fossem espelhos: reflectem-me a mim e ao leitor, até nenhum de nós saber qual dos dois somos. Tento que cada um seja ambos e regressemos desses espelhos como quem regressa da caverna do que era. É a única salvação que conheço e, ainda que conhecesse outras, a única que me interessa. Era altura de ser claro acerca do que penso sobre a arte de escrever um romance, eu que em geral respondo às perguntas dos jornalistas com uma ligeireza divertida, por se me afigurarem supérfluas: assim que conhecemos as respostas, todas as questões se tornam inimportantes. E, por favor, abandonem a faculdade de julgar: logo que se compreende, o julgamento termina, e quedamo-nos, assombrados, diante da luminosa facilidade de tudo. Porque os meus romances são muito mais simples do que parecem: a experiência da antropofagia através da fome continuada, e a luta contra as aventuras sem cálculo mas com sentido prático que os romances em geral são. O problema é faltar-lhes o essencial: a intensa dignidade de uma criatura inteira. Faulkner, de quem já não gosto o que gostava, dizia ter descoberto que escrever é uma muito bela coisa: faz os homens caminharem sobre as patas traseiras e projectarem uma enorme sombra. Peço-lhes que dêem por ela, compreendam que vos pertence e, além de compreenderem que vos pertence, é o que pode, no melhor dos casos, dar nexo à vossa vida.

Retrato do artista quando jovem – II

Nunca esquecerei o início da minha carreira literária. Foi súbito, instantâneo, fulminante. Vinha eu de eléctrico para Benfica, depois de mais uma educativa tarde no Liceu Camões, espécie de campo de concentração aterrorizador e inútil, quando, por alturas do Calhariz, uma evidência surpreendente me cegou: vou ser escritor. Eu tinha doze anos, preparava uma carreira de génio no hóquei em patins, hesitava em tornar-me o Homem Aranha ou o Flash Gordon, inclinava-me para o Homem Aranha porque saltava prédios e nisto o chamamento, a vocação, a certeza de um destino sem qualquer relação com os meus projectos, os meus sonhos, os meus devaneios de músculos e de cacetada. Mas a estrada de Damasco é a estrada de Damasco e a gente dá em São Paulo não por gosto mas por obediência. E, por obediência, antes de entrar em casa fui à mercearia do Careca comprar um caderno de papel almaço de trinta e cinco linhas, subi ao meu quarto, sentei-me à mesa e entrei de imediato imortalidade adentro com uma dúzia de quadras. No dia seguinte expeli uns sonetos. Deviam ser frescos porque, ao mostrá-los à minha mãe, recebi dela o olhar de dó que se concede aos aleijados e aos parvos irremediáveis. Encorajado por este simpático estímulo da autora da minha existência, experimentei um conto: novo olhar de dó. Um poema imitado de Camilo Pessanha que, como toda a gente sabe, é canja: o olhar de dó pareceu-me tingir-se do alarme de haver parido um mongolóide. Busquei consolo no meu irmão Pedro, que por ter feito nove anos se me afigurou, com razão, capaz de avaliar os meus cometimentos. Não me enganei: do vértice da sua imensa experiência, o Pedro, que nunca falava, permaneceu calado. Mas entrevia-se claramente no seu silêncio a admiração pelo génio. Preveni-o que andava a compor um livro e a mudez do Pedro aumentou, sinal de concordância e admiração, para além de o Pedro, ainda hoje, nunca contrariar os imbecis. Às vezes, quando muito, sorri. E no sorriso dele topei, de imediato, respeito e entusiasmo. Acabei o livro. Levei-o para o quintal e queimei-o. Ao acabar de arder, o sorriso do Pedro aumentou. Só ficou sério mal eu, remexendo as cinzas com o desprezo do pé, o ameacei com uma nova obra. Mas, claro, a seriedade dele traduzia apenas a expectativa ansiosa dos fans incondicionais. Fui encher um novo caderno de papel almaço. Pela janela vi o Pedro, lá em baixo, a contemplar as cinzas e a chupar caramelos. Os caramelos só constituem um problema no caso das dentaduras postiças. Entre os doze e os treze anos cozinhei uma dúzia de obras de vária índole, todas elas notáveis: novelas, odes, peças de teatro. Aos catorze era um autor experiente. Seguro da excelência das minhas secreções mandei-as para o *Diário Popular*. Um senhor que nunca cheguei a conhecer mas era certamente uma criatura benévola

        talvez seja preferível chamar-lhe piedoso

    publicou algum daquele lixo numa rubrica ou lá o que era chamada *Antologia de revelações*. Um fiapo de bom senso aconselhou-me a usar um pseudónimo, quase de tão fino gosto quanto as tretas que lhe remeti. Vê-las assim impressas apavorou-me de dúvidas: começava nebulosamente a entender que existia uma diferença entre escrever bem e escrever mal. Mais tarde, ao dar conta que existia uma diferença ainda maior entre escrever bem e obra de arte foi a angústia completa. Achei-me uma besta

        era apenas um garoto pateta

    voltei ao princípio e nunca mais mostrei o que fazia a ninguém. Durante vinte anos trabalhei diariamente os meus dejectos, perplexo e angustiado, com a insatisfação de ainda hoje e alguma rara alegria que, ao reler a frio, notava ser desadequada e cretina. Comecei a fazer a barba. Acabei um curso que nunca me interessou. Fui à guerra. Vim da guerra. Passei nove anos com um romance imprestável. E de súbito, sem que me fosse óbvio o porquê ou o como, um feto qualquer deu uma cambalhota na minha barriga e iniciei a *Memória de elefante*, *Os cus de Judas*, o *Conhecimento do Inferno* e por aí fora, até àquele que comecei em julho deste ano. Mas esta última parte da minha aprendizagem não tem grande interesse. Quem me agrada é o outro, o das quadras, o das odes patrióticas, o cliente da mercearia do Careca, o

que à força de comprar cadernos de papel almaço merecia que lhe desenrolassem uma passadeira encarnada de cada vez que abria caminho pelo feijão e pela batata com duas moedas na palma. Espero que ele ainda exista dentro de mim com a sua inocência, as suas certezas e a sua palermice inabalável, sacrificando as alegrias do Homem Aranha ao seu destino de
    achava ele
    escritor, ou seja um chato agarrado à caneta, incapaz de saltar um prédio por mais pequeno que seja, convencido, de coluna empenada, de haver desvendado o mistério dos seres e da vida e sem qualquer capacidade para Flash Gordon, isto é, viajar de planeta em planeta com uma queixada de três quartos ponta de rugby, blindado, à custa de eficaz estreiteza, contra as labirínticas complexidades da alma.

António 56 ½

Aquilo a que costumamos chamar circunstâncias e não passa, muito simplesmente, do que consentimos que a vida e as pessoas nos façam, obrigaram-no cada vez mais a reflectir sobre si mesmo. Aos vinte anos julgava que o tempo lhe resolvia os problemas: aos cinquenta dava-se conta de que o tempo se tornara o problema. Jogara tudo no acto de escrever, servindo-se de cada romance para corrigir o anterior em busca do livro que não corrigiria nunca, com tanta intensidade que não lograva recordar-se dos acontecimentos que haviam tido lugar enquanto os produzia. Esta intensidade e este trabalho faziam que não sofresse outra influência que não fosse a sua nem erigisse como modelo nada fora de si, embora o tornassem mais sozinho do que um casaco esquecido num quarto de hotel vazio, enquanto o vento e a desilusão fazem estalar, à noite, a persiana que ninguém fechou. Não conhecendo a tristeza sabia o que era o desespero: o próprio rosto no espelho para a barba da manhã, ou antes não um rosto, pedaços de rosto reflectidos numa superfície inquieta, incapazes de construírem o presente, devolvendo-lhe fragmentos soltos de passado que se não ajustavam

    (tardes no jardim, bibes, triciclos)

    e transmitindo mais um sentimento de estranheza que uma lembrança comovida, o qual ajuizava para ajudar a sonhar os que não tinham coragem de sonhar sem ajuda. À ética de consumo dos outros contrapunha uma ética de produção, não por qualquer espécie de virtude

    (não possuía virtudes)

    mas por incompetência de utilizar os mecanismos práticos da felicidade. O desprezo pelo dinheiro derivava de uma malformação sem parentesco algum com o amor da pobreza. Considerava a conta no banco como os livros desinteressantes empilhados no fundo da casa: qualquer dia, num impulso de higiene, venderia as notas a peso.

O apreço dos jovens escritores e dos aspirantes a escritores que lhe enviavam manuscritos e cartas confundia-o: como entender que houvesse mulheres e homens dispostos a existirem, quotidianamente, na aflição e na angústia? Nunca decidira fazer livros: qualquer coisa ou alguém impunha-lhe que os fizesse e dava graças a Deus que aqueles de quem gostava fossem criaturas livres e o considerassem com essa espécie de indulgência que se sente em relação a quem perdeu um braço ou uma perna ao serviço de uma causa insensata. Os amigos tinham tendência a guiá-lo com a mão amável com que se conduz um cego, avisando-o dos desníveis da rua, certos que uma inocência desamparada o habitava, deixando-o indefeso à mercê de quase tudo e principalmente de si próprio. Se pudessem tiravam-lhe os atacadores e o cinto como se faz aos presos a fim de o impedir de escapar-se sabe-se lá para onde ou de morrer por descuido, dado que não distinguia o açúcar da areia nem os diamantes do vidro, ocupado como andava a gravar as palavras tão profundamente que se pudessem ler, como Braille, sem o auxílio dos olhos. Que o dedo corresse pelas linhas e sentisse o fogo e o sangue. Para que sentissem o fogo e o sangue tornava-se necessário que ele ardesse e sangrasse. Saberiam os aspirantes a escritores o que se paga por uma única página? A diferença entre o puro e o impuro? Quando se deve trabalhar e quando se deve parar de trabalhar? Que o sucesso nada vale, primeiro porque já estamos noutro lado e segundo porque as qualidades são, quase sempre, defeitos disfarçados e é desonesto satisfazermo-nos com que nos louvem pelos nossos defeitos habilmente escondidos? Saberiam os aspirantes a escritores que não alcançar o que queremos é, no melhor dos casos, o nosso amargo triunfo? Que o romance acabado nos deixou demasiado exaustos para nos trazer alegria e que o pavor de não conseguir o próximo livro começa, logo de imediato, a perturbar-nos?

Tardes no jardim, bibes, triciclos. Agora que o tempo resolveu os problemas e se tornou

    ele, o tempo

        o problema, reparou que as filhas se transformaram em mulheres e era noite. Mas, com um pouco de sorte, talvez deixasse atrás de si não um rastro, não a sua sombra, não uma memória: somente aquilo que, de mais profundo, em si escondia: o que tinha a mais que os restantes. E então, quando chegasse a hora, poderia deitar-se em paz, fechar os olhos, dormir: finalmente tornara-se apenas igual a vocês.

Em caso de acidente

Hoje estava capaz de me ir embora: pegar nas chaves do carro sem motivo nenhum
(as chaves estão sempre no prato da entrada)
descer as escadas
(não descer pelo elevador, descer as escadas)
até à garagem da cave, ver o fecho eléctrico abrir-se com dois estalos e dois sinais de luzes, ver a porta automática subir devagarinho e, logo na rua, acelerar o mais depressa possível, queimando semáforos na direcção da auto-estrada, sem ligar aos painéis que indicam as cidades e a distância em quilómetros, sem uma ideia na cabeça, sem destino, sem mais nada para além desta pressa de me ir embora, colocar entre mim e mim o maior espaço possível, esquecer-me do meu nome, dos nomes dos meus amigos, da minha família, do livro que não acabo de escrever e me angustia. Parar num desses restaurantes à beira das portagens e comer sozinho, sem olhar para ninguém, sem ver ninguém nem sequer aquelas crianças que correm aos gritos entre as mesas e acelerar de novo, vazio, segurando o volante tal como, em pequeno, segurava o guiador da bicicleta enquanto o meu pai, correndo ao meu lado, me ensinava a pedalar.

Hoje estava capaz de me ir embora: as paredes da casa apertam-se, tudo me parece tão pequeno, tão inútil, tão estranho. Fazer romances. Publicá-los. Esperar meses pelo novo romance. Fazê-lo. Publicá-lo. Receber telefonemas do agente acerca de contratos, de traduções, de prémios. Receber as críticas da editora, longos cortejos de elogios sem nexo de quem não entendeu e louva sem haver compreendido. Ou então sou eu que não compreendo. De qualquer forma não leio o meu trabalho: limito-me a produzi-lo e, uma vez terminado, a minha cabeça gira na direcção do que vem a seguir. Abandonar todas essas páginas também. Hoje estou mesmo capaz de me ir embora antes que fique louco como os cães, correndo em círculos na noite. Se chegar à janela verifico que o frio humedeceu de orvalho as tampas dos caixotes do lixo e há apenas uma janela acesa num prédio lá em baixo. Dir-se-ia que mais ninguém senão eu continua vivo. Eu e o telefone que apesar de calado parece prestes a romper aos gritos. As minhas costelas respiram contra o vidro. No parque de estacionamento vazio em frente à casa um pombo morto. Ou uma gaivota. Um pássaro qualquer. As tampas dos caixotes do lixo reflectem os candeeiros em manchas coalhadas e fixas. Faço uma careta para mim mesmo nos caixilhos.

  Hoje estava capaz de me ir embora. Metia todo o dinheiro da gaveta no bolso, deixava aqui a carteira, os documentos, os sinais de quem sou. Se me perguntarem o que faço responder que não tenho profissão. Sou apenas um homem num restaurante à beira de uma portagem, a mastigar calado. Pode ser que volte um dia, pode ser que não volte. O que dirão o editor francês, o editor alemão, o editor sueco? Cartas desesperadas do agente que nunca receberei, telegramas intactos na caixa do correio reclamando uma obra pela qual me pagaram e que deixei, incompleta, por alturas do penúltimo capítulo, por corrigir, por alterar. O que me rala? Lombadas e lombadas inúteis nas estantes, edições dos escritores que gostava de ler e me são indiferentes agora: Felisberto Hernandez, William Gaddis, Eliseo Diego. Felisberto Hernandez e Eliseo Diego já morreram. Felisberto Hernandez toca piano na fotografia que dele tenho, Eliseo Diego fita-me de cachimbo na mão. Talvez, para além do dinheiro da gaveta, levasse comigo Felisberto Hernandez, um autor e peras. Ou Juan Benet. Podia lê-los enquanto mastigava. Eliseo Diego, que era poeta, não dá para restaurantes, exige uma intimidade de quando se está sem ninguém na sala. Compôs um poema muito curto sobre a avó dele, em que a avó pede que tapem os espelhos. Ir-me embora é como tapar os espelhos todos sobre mim. Hoje estava capaz de me ir embora. Sem espalhafato, sem conversas, sem explicações, sem essa espiadela de passagem que damos sempre a nós mesmos verificando se o cabelo está certo. Quando eu era um médico muito novo, tratei uma senhora de idade que estava a morrer. A meio da tarde perguntou-me:

  — Não me acha um bocadinho cansada?

e na manhã seguinte vieram os homens da agência e colocaram-na no caixão. A filha contou-me que depois da pergunta
— Não me acha um bocadinho cansada?
a senhora de idade pediu um cálice de vinho do Porto às escondidas de mim. Metade derramou-se no pescoço mas a metade que engoliu animou-a. Era viúva há que tempos e não esperava grande coisa de ninguém. Se um dia voltar a Tomar levo-lhe uma garrafa de vinho do Porto à sepultura e deixo-lha sobre o mármore, no meio das jarrinhas de flores. Aproximo-me das janelas e lá estão as tampas dos caixotes do lixo húmidas de orvalho. As árvores do parque serenaram por fim. Ligo a televisão. Não entendo o que se passa no écran mas continuo a ver. Uma criança sorri-me do aparelho. Infelizmente o sorriso dura pouco tempo. Se calhar nem sequer um sorriso. Se calhar sou apenas eu que necessito de um sorriso. Há momentos na vida em que necessitamos tanto de um sorriso. À falta de melhor toco-me com o dedo no caixilho.

Crónica do pobre amante

O sacristão aproximou-se do vagabundo em farrapos que rezava de joelhos encostado a uma coluna. Tocou-lhe no ombro para o prevenir que eram horas de fechar a igreja e o vagabundo despediu-o com um berro cuja indignação o vinho tinto coloria
— Je n'aime pas qu'on m'emmerde quand je prie.
O vagabundo chamava-se Verlaine e lembro-me muitas vezes deste grito ao pressentir que se preparam para falar comigo, porque as pessoas que falam comigo ou me puxam ou me empurram.
Os que puxam seguram-se-me ao braço dando sacudidelas à manga destinadas a sublinharem a importância do que contam, de tal forma que ao fim de dois minutos, nariz contra nariz, lhes recebo ao mesmo tempo as opiniões e o hálito e lhes consigo distinguir o número de visitas ao dentista enquanto luto para não ser engolido pelas suas bocas gigantescas com esponjazinhas de saliva nos cantos dos lábios.
A proximidade permite-me ainda uma infinita série de descobertas não excessivamente agradáveis, pontos pretos, borbulhas, pêlos espetados no nariz, treçolhos, cicatrizes, rugas esquisitas, perdigotos, à medida que tento em vão libertar-me dos dedos que me apertam e a pessoa que fala se aparenta a um insecto monstruoso e carnívoro, prestes a mastigar-me com as mandíbulas enormes.
Entre aqueles que puxam existe uma categoria subtil que em lugar de agarrar o braço me acaricia a lapela, tirando-me do casaco, sem pararem de discursar, cabelos e linhas que extraem delicadamente com o polegar e o indicador ou me varrem do ombro com as costas da mão. Estes doces arpoadores, que me melhoram a aparência ao catarem-na de impurezas como os

pássaros que procedem à higiene dos rinocerontes pulando-lhes entre o pescoço e as ancas

(chegam a raspar-me com a unha eficiente nódoas que a lavandaria desdenhou)

estes doces arpoadores, dizia eu, em regra não devoram: ao terminarem as confidências, sussurradas a uma orelha que morrem de desejo de limpar com o mindinho, recuam um passo, miram-me de frente com o sobrolho crítico, previnem definitivos

— Estás mais magro

como se estar mais magro merecesse ser penalizado pelo Código Civil, e suspendem de súbito as suas carícias, esquecidos de mim, para assearem uma nova vítima das suas necessidades de comunicação.

As pessoas que empurram utilizam o indicador ou a palma inteira

(existem em igual número das duas espécies)

a fim de fornecerem um peso suplementar às opiniões com que me atacam. Decididos e afirmativos avançam em pequenos socos de amigável ódio

(em linguagem de boxe preferem a meia distância ao corpo-a-corpo)

perguntando de tempos a tempos

— O que é que tu achas?

no tom ameaçador de quem indaga

— Queres que te pregue um estalo?

obrigando-me a percorrer às arrecuas um quarteirão inteiro, a acenar que sim e a desejar que o gongue do cronometrista me salve do KO inevitável. Se tento olhar para trás no pânico de um buraco da calçada avisam logo, a redobrar a pancadaria

— Aborreço-te?

e eu, já incapaz de defender-me, completamente vencido, tonto de bofetadas e argumentos, a arquejar

— Que ideia

a concordar com tudo, a aceitar tudo, a sofrer tudo, ansiando por um ângulo de ringue com um banco e um treinador de cotonetes nas gengivas, a sarar-me com uma esponja e o seu inglês de sotaque italiano de razões e hematomas.

Para além dos que puxam e dos que empurram, existem os que me rodeiam o pescoço com o cotovelo apaixonado para me soprarem na nuca desditas cochichadas, os que me afagam o joelho à mesa do restaurante jogando-me para o bife cuspo e amarguras, os que olham em torno como os perseguidos políticos antes da perigosa confissão que a mulher lhes fugiu para as Caldas da Rainha com o marido da porteira, os que me telefonam às quatro da manhã não para me revelarem que Deus é a parte fresca do travesseiro, como explicava Cocteau, mas para anunciarem que foram ao armário do quarto de banho buscar a embalagem de valium e que se preparam para morrer com uma ceia de pastilhas, o que aliás aconteceu com o meu amigo Reynaldo Arenas, romancista cubano, que de madrugada me chamou de Nova Iorque numa voz ensonada, gaguejando hipnóticos

— Voy a morirme António

o Reynaldo que a sida reduzira a uma chaga sulfurosa e horas depois o nosso agente

— Reynaldo is dead

e eu a olhar para o rio, a olhar para o rio, a olhar para o rio, a recordar-me do conselho da Parade

dado que os acontecimentos nos ultrapassam finjamos termos sido nós os organizadores

a olhar para o rio tentando como sempre transformar a melancolia em fantasia como se a vida, senhores, não fosse alegremente dolorosa e não nos deitássemos tanto do lado mau da felicidade. A olhar para o rio como quando, esta tarde, fui deixar a Isabel à mãe, ela me deu um beijo

— Gosto de si pai

eu a tentar segurá-la

— Não te esqueceste de nada?

e fiquei a vê-la ir-se embora, a vê-la afastar-se do carro com o saco da roupa pesado demais, a ver-lhe o cabelo loiro, a camisola, os calções e, sabem como é, senti um aperto que nem quê. Se nessa altura o sacristão se aproximasse de mim a prevenir-me que eram horas de fechar a igreja teria continuado de joelhos diante daquela casa de Setúbal a despedi-lo com um berro cuja indignação, sendo abstémio, nenhum vinho tinto coloria

— Je n'aime pas qu'on m'emmerde quand je prie.

E por não haver mais ninguém nas redondezas pelo menos o sol, pelo menos as árvores haviam de compreender.

Penn

Durmo sozinho, num dos quartos de baixo, na cama que me pertenceu em pequeno. Agora sou outro e a cama já não pertence a ninguém. Presumo que se deita nela quem calha e não acho a forma do meu corpo no colchão. É sábado de manhã, dezoito de agosto, acabei um romance há quinze dias e não tenho nada que fazer. Sinto-me tão vazio no intervalo entre dois livros. Fui ao quiosque da praia comprar histórias policiais. Na janela aberta as piteiras brilham ao sol. A casa da minha tia que morreu há pouco está fechada. No ano passado interrompia o trabalho às sete horas e descia a rua a visitá-la. Lá estava ela sentada numa cadeira a fumar. Nunca fechava a porta e escutavam-se as ondas com a mudança do vento. Caminhava em passinhos curtos e era raro sorrir. Não precisávamos de dizer muita coisa para dizer muita coisa. As nossas conversas faziam-se sobretudo de silêncio. Portanto falávamos imenso.
    Onde estou não se escutam as ondas: escuta-se o som de móveis velhos dos pinheiros. O da garagem entorta-se sobre nós. Deve ser muito antigo, julgo que nenhuma outra árvore me deu a impressão de sofrer. As piteiras continuam a brilhar ao sol. O braço de uma delas rebentou numa flor encarnada. Nesta casa velha estão os meus irmãos, as minhas filhas, os meus sobrinhos. Uma das carrapetas da cama, torta, parece descolar-se. Abro a primeira das histórias policiais ao acaso: "as mãos de Penn apertaram-se sobre o volante". A tradução será assim medíocre ou as mãos de Penn apertaram-se mesmo sobre o volante? "Enquanto conduzia para o sul, para Stonebridge, Penn reparou que não sabia o que sentia e como havia de comportar-se." A flor encarnada oscila um bocadinho e agora afigura-se-me que realmente as ondas num eco distante. Pode ser o meu sangue. Podem ser passos. Podem ser as paredes a dilatarem-se no sentido da luz ou

um cão aos sobejos no baldio. Cães amarelos, magros, de focinho preocupado, medindo cheiros, desistindo. Se me aproximo escapam-se de banda, a vigiarem-me. Um último soslaio sobre o ombro e acabou-se: adeus, cães. Na capa de uma das histórias policiais um homem de gabardine e chapéu aponta o revólver a uma mulher de boca aberta. Por cima, em letras amarelas, *Mestres do suspense*. A flor encarnada não pára de oscilar. O bico da esferográfica, ao desenhar as letras, arrasta um cabelo consigo. "Não faças discursos, Penn. Conhecemo-nos demasiado bem um ao outro": sopro o cabelo na direcção do tal Penn. Pertencer-lhe-ão a gabardine, o chapéu? Nunca conheci demasiado bem fosse quem fosse. A mulher de boca aberta deve ser a irmã de Laura: "Laura olhou a sua irmã cuja figura delgada se sentava erecta, a cabeça de cabelo castanho embelezada por pequenos brincos de prata." Tenho a certeza que não vou ser capaz de ler os *Mestres do suspense*. Um dos meus irmãos passou diante da janela, sem me ver. Uma camisa azul, óculos escuros. Nunca usei óculos escuros. A flor encarnada, quieta, aponta o céu. Por trás dela uma antena de televisão muito alta: "Penn assentiu e engoliu saliva com esforço." Um par de nuvens pequenas. Andorinhas, torno a olhar e nada. Tento engolir saliva com esforço. Se eu tivesse uma gabardine aqui levantava-lhe a gola.

    Sábado dezoito de agosto: "isso é uma mentira e tu sabe-lo muito bem — disse Penn.

    — E é uma mentira o que o senhor lhe disse de querer ver-se livre do marido? perguntou Mac.

    A senhora Ostrander disse isso, não eu — respondeu Penn, sentindo de repente os joelhos fracos". A casa da minha tia, com cortinas, não me deixa vê-la a fumar na cadeira de lona. Junto à porta, acocorados num degrau, dois estrangeiros ruivos tiram cremes de bronzear de uma mochila. Se eu pudesse afastar a cortina, entrar. Do outro lado do passeio um talho, um cafezito a seguir, um menino a descer a rua de trotinete. A cama de eu pequeno. As piteiras que brilham ao sol. Levanto-me da mesa onde escrevo, aproximo-me das falhas da caliça, das manchas de humidade. Dantes os nossos pais estavam aqui connosco. Há uma fotografia de nós todos nos degraus, a mãe, o pai, a gente os seis. Não apenas falhas de caliça, pedaços inteiros de reboco a nu, o soalho a que faltam tábuas. Esta noite a flor das piteiras a arder no escuro e a antena da televisão comida pelas trevas. Uma das almofadas da cama não tem fronha. "Penn aperta as palmas das mãos contra a parede fria da cela. Sabia que Ginnie saíra da esquadra, mas essa era a única circunstância externa de que era consciente." Mãe, pai, eu. Aperto as palmas das mãos contra a parede fria da cela e o cheiro do mar vem refrescar-me a cara. Como poderiam ser lágrimas? É o cheiro do mar que vem refrescar-me a cara. "Uma risada longa, louca — ou talvez fosse um sorriso — veio de Ginnie, atrás dele." Se me voltar depressa encontro-a: "Penn olha para Ginnie: ainda não tinham acabado um com o outro." Deixo os *Mestres do suspense*, saio: tenho a certeza que a flor encarnada ficou ali à minha espera. Qualquer coisa me diz que ainda não acabámos um com o outro: "fitou-a durante horas até que começou a ficar tonto, até que começou a deixar de sentir frio, apenas um pouco de sono": amanhã encontro a forma do meu corpo no colchão.

As coisas da vida

Uma gota de chuva na cara

Se não fosse gago era-me fácil conversar com ela. Mora três quarteirões adiante do meu, apanhamos o mesmo autocarro todos os dias, eu na quarta paragem e ela na quinta, olhamos imenso um para o outro durante os vinte minutos
　　　　(meia hora quando há mais trânsito)
　　　do percurso entre o nosso bairro e o ministério, ela trabalha dois andares acima de mim, subimos no mesmo elevador sempre a olharmo-nos, às vezes parece que me sorri
　　　　(tenho quase a certeza que me sorri)
　　　vemo-nos de longe no refeitório cada qual com o seu tabuleiro, ia jurar que me faz sinal para me sentar na mesa dela, não me sento por não ter a certeza que me faz sinal
　　　　(acho que tenho a certeza que me faz sinal)
　　　voltamos a olhar-nos no elevador, ela volta a sorrir quando saio, volta a olhar para mim no autocarro de regresso a casa e não sou capaz de falar com ela por causa da gaguez. Ou melhor não é só a gaguez: é que como as palavras não me saem, como quero exprimir-me e não consigo, fico roxo com os olhos de fora
　　　　(pus-me diante do espelho e é verdade)
　　　de boca aberta, cheia de dentes, a tropeçar numa consoante interminável, a encher o ar, à minha volta de um temporal de perdigotos aflitos, e não quero que ela repare como me torno ridículo, como me torno feio, como me torno, fisicamente, numa carranca de chafariz, a cuspir água aos soluços num mugido confuso. Com os meus colegas do emprego é simples: faço que sim ou que não com a cabeça, resumo as respostas a um gesto vago, transformo um discurso num erguer de sobrancelhas, reduzo as minhas opiniões sobre a vida a um encolher de ombros
　　　　(mesmo se não fosse gago continuaria a reduzir as minhas opiniões sobre a vida a um encolher de ombros)

ao passo que com ela seria obrigado a dizer coisas por extenso, a conversar, a segredar-lhe ao ouvido

(se eu me atrevesse a segredar-lhe ao ouvido aposto que tirava logo o lenço da carteira para enxugar as bochechas e fugia assustada)

a segredar-lhe ao pescoço, a enredá-la numa teia de frases

(as mulheres, julgo eu, adoram ser enredadas numa teia de frases)

enquanto lhe pegava na mão, descia as pálpebras, esticava os lábios na expressão infinitamente estúpida dos namorados prestes ao beijo, e agora ponham-se no lugar dela e imaginem um gago desorbitado a aproximar-se de vocês escarlate de esforço, a abrir e a fechar a boca prisioneiro de uma única sílaba, a empurrar com o corpo todo um

— Amo-te

que não sai, que não consegue sair, que não sairá nunca, um

— Amo-te

que me fica preso na língua num rolhão de saliva, eu a subir e a descer os braços, a desapertar a gravata, a desabotoar o botão do colarinho, o

— Amo-te

nada, ou, pior que nada, substituído por um berro de gruta, ela a afastar-se com os braços estendidos, a levantar-se, a desaparecer porta fora espavorida, e eu sozinho na pastelaria debruçando-me ainda ofegante para o chá de limão e o pastel de nata da minha derrota definitiva. Não posso cair na asneira de conversar com ela, é óbvio que tenho de me conformar com os olhares no autocarro, com o sorriso no elevador, com o convite mudo no refeitório até ao dia em que ela aparecer de mão dada com um sujeito qualquer, se calhar mais velho do que eu mas capaz de lhe cochichar na orelha sem esforço

(há pessoas que cochicham sem esforço)

o que eu adorava explicar-lhe e não consigo até ao dia em que deixar de me olhar, de sorrir, de convidar-me a sentar à sua frente durante o almoço

(sopa, um prato à escolha entre dois, doce ou fruta, uma carcaça e uma garrafa pequena de vinho, tudo por quatrocentos e quarenta escudos não é caro)

e eu a vê-la na outra ponta do autocarro a poisar a testa no ombro de um sujeito qualquer, sem reparar em mim, sem reparar sequer em mim como se eu nunca tivesse existido e compreender que por ter deixado de existir não existi nunca, e nessa noite ao olhar-me ao espelho não verei ninguém ou verei quando muito um par de olhos
(os meus)
que me censuram, um par de olhos com aquilo que ia jurar ser uma lágrima a tremer nas pestanas e a descer devagarinho pela bochecha fora, ou talvez não seja uma lágrima é apenas
(porque será inverno)
uma gota de chuva, sabem como é, a correr na vidraça.

Não entres por enquanto nessa noite escura

Fosse qual fosse a idade que tinhas eras tão nova ainda. Não sei bem o que dizer do teu sorriso porém, quando me olhavas, dava-me ideia de principiar na minha boca e estender-se depois, pelas paredes da casa, até iluminar a tua como certos freixos, certas crianças, certas rosas. Ou pássaros. As cotovias por exemplo, em Abrigada, atrás de quem corrias sempre, segura de voar. Tão poucas chaminés, tão poucos telhados então, e tantas árvores na serra, comovidas com o cheiro das giestas, árvores que à noite ladravam como os cães, espreitando-te em cada porta, correndo no quintal, escondendo-se do que a lua consentia na grande paz da horta. Nem todas as coisas possuíam um nome nesse tempo: faltavam páginas no dicionário do avô e existia um espaço sem copos no aparador para a seda esquiva do gato. Moravam grandes mistérios nas gavetas: a irmã que não chegaste a conhecer, selos, herbários, lâmpadas fundidas, olhos murchos de cegos que iluminavam o escritório. A estatuazinha de gesso no muro que a cada inverno ia perdendo dedos. O piloto da barra dos Açores de que ouvias falar, enchendo de naufrágios o teu espanto. E de alciões pairando sobre a espuma. O tio José nas Caldas da Rainha com as algibeiras gordas de migalhas para os cisnes do parque, o bigode que impedia a ternura e as palavras. Fosse qual fosse a idade que tinhas eras tão nova ainda: o gosto das amoras depois da chuva sabia sempre a manhã e, às vezes, chegavam cartas de Lisboa e o jornal do meio-dia com as espantosas políticas do mundo, acontecimentos da outra margem da tristeza, palavras cujo sentido ignoravas dado que o vento detinha o exacto tamanho do teu corpo e não consentia qualquer sombra no sangue, qualquer inquietação que desviasse os dedos do caminho do sol. As pedras sim. As ervas sim. E tu de pé, na brancura de março das acácias. Se eu pudesse falar-te. Se as minhas mãos, se a minha voz te tocasse: não me escutas, é ainda demasiado cedo para que saibas que existo. Só conheces o sol e poucas vozes, alguns rumores essenciais, a água, as folhas do ulmeiro às seis da tarde, a volta dos rebanhos confundida com o peso de silêncio do teu pai. As loiças da cozinha, lugar de fumo e paz, onde o carteiro espreitava a empregada enrolando o embaraço no boné. A bicicleta dele, mesmo parada, galgava sempre uma vereda precisamente aquela que conduzia ao rio onde o lodo se transformava em rãs e te assustava. Faltavam no relógio as horas de seres grande. Nunca serias grande mesmo depois dos filhos, dado que a cada filho recomeçava a tua vocação de amora sangrando para dentro e os domingos alongavam-te os braços. Pintavas as pálpebras da mesma forma que, em pequena, acrescentavas pestanas ao desenho do sol. E bochechas. E cabelo. E uma nuvem repleta de cerejas. Por ser assim de facto a íntima verdade: não existe sol sem pestanas nem nuvem sem cerejas. Apenas esquecemos, e de termos esquecido vem a raiz do espanto. Nuvens com cerejas sim: de qualquer nuvem

(toda a criança o explica e é natural)

podemos retirar o necessário para habitar a terra pelo lado da pele. No outro lado mora o feio baldio do que ignoramos: entulho como pátria, como ossos, como os amargos cadáveres da inveja, tudo aquilo em que nunca tropeçaste, de que nunca adivinhaste, por um momento, o rastro: eras tão nova ainda, serás sempre tão nova mesmo agora que em redor do teu nome é tudo cinza e ninguém se demora junto a ti. Mas agrada-me pensar que continuas a crescer nos limoeiros de outro verão e te debruças em Angola para escutar a terra. Lembras-te? Usavas o cabelo muito curto, um vestido de chita e as pessoas paravam para olhar-te: não as vias, tão atenta ao coração da terra, ao lume no capim, à tua filha. E os teus ombros, ao andar, assemelhavam-se aos ombros dos navios. Assim te foste embora mas não entres, não entres por enquanto nessa noite escura, não nos deixes aqui onde estes cardos até o mar magoam. E as lágrimas, compreendes, espinhos também. A única forma de te ser fiel é costurar a vida, lentamente, pelo avesso da dor, inventar um peito onde possas deitar-te, cobrir com lenços grandes os espelhos a fim de que nada impeça o teu regresso. Como não quis ver-te partir estarei aqui no dia da chegada. Também eu vim da guerra quando ninguém sabia dos meus passos. Em novembro, de manhã, tão de manhã que os mortos do meu sangue nem sequer tiveram tempo de acordar. Dormiam como dormes. E cá estão. Fazem parte de ti, de mim, do mundo. De onde tornas a nascer. Imensamente.

Claro que te lembras de mim

Devo ter mudado muito: já não uso funda herniária nem arame nos dentes nem calções nem franja. Não tenho voz de menina ao telefone. Não ando à pedrada às amoreiras à procura de folhas para os bichos da seda que rastejam uns por cima dos outros numa caixa de sapatos. O meu prato favorito já não são fatias recheadas. E há séculos, imagina, que não esfolo um joelho.

Devo ter mudado muito: apareceram-me borbulhas e pêlos, comecei a fazer a barba, fui à tropa, deixei de morar com os meus pais, saí do bairro, empreguei-me. Nunca mais voltei à Amadora. Se calhar o café de bilhares faliu, há um vídeo-clube no lugar da mercearia, cortaram os plátanos no largo a seguir à tua casa e tiraste aqueles cisnes de gesso das colunas do portão. Sempre achei, não me perguntes porquê, que havias de tirar os cisnes de gesso, de asas abertas e bico pintado de vermelho, das colunas do portão. Talvez porque eu gostava dos cisnes. Talvez porque tu me achavas feio e não gostavas de mim. Nunca respondeste às minhas cartas. Nunca sorriste ao meu sorriso. Nunca me agradeceste a rã tão gira que te mandei pelo meu irmão mais novo.

Quando lhe perguntei
— Deste a rã?
o meu irmão contou que mal desembrulhou o lenço e mostrou o animalzinho desataste a fugir aos gritos
— Leva essa porcaria daqui
Mas tenho a certeza
(quem não gosta de rãs, não é verdade?)
que adoraste, lhe fizeste imensas festas e a puseste no tanque do quintal. Aposto que ainda lá anda, de cócoras num calhau, a fitar a roupa pendurada de uma corda no pátio da cozinha: a roupa da tua madrasta, a tua roupa, a roupa do senhor

Bernardino que respondeu ao anúncio colado na montra do talho e vos alugou um quarto. O meu irmão, calcula onde pode chegar a má língua, jura que te casaste com ele, que vos vê a tomar a bica, de braço dado aos domingos de manhã, na Preciosa dos Pastéis, que têm um filho ruivo, que passaste a trabalhar na secretaria do Ministério das Finanças. Claro que é mentira, que não acreditei, que me ri. Que eu saiba ninguém pode ter filhos aos 12 anos não é? E depois que raio de graça é que o senhor Bernardino pode encontrar numa miúda?

Devo ter mudado muito. Mas estou seguro de que me vais reconhecer quando no domingo tomar o comboio da Amadora. Por mais prédios novos que construam a vivendinha e o canteiro de dálias hão-de lá estar ainda, com cisnes ou sem cisnes, logo depois dos plátanos. Abeiro-me das grades, puxo o arame do sino que toca um ganido rachado no alpendre, um dedinho subtil afastará as cortinas e como já não uso arame nos dentes posso dizer

— Olá Olga

posso chamar por ti, esfregar os pés no capacho, entrar, sentar-me ao teu lado com um pacote de palitos larrene pendurado no mindinho, no sofá diante da televisão. Porque é só isso que quero: sentar-me ao teu lado no sofá diante da novela.

Quando lhe explico isto o meu irmão mais novo desata a troçar sem motivo nenhum: que tu cresceste, que casaste, que tens um filho, que trabalhas no Ministério das Finanças, que nem te lembras de mim, que estou maluco. Para quê responder-lhe? É óbvio que te lembras de mim: era o único da escola com cara de coelho e arame nos dentes, e que ficava quieto no recreio por não poder correr devido às hérnias, com uma rã na algibeira para ti. É óbvio que te lembras de mim: era tão linda a rã não era?

Dormir acompanhado

Toda a vida dormi acompanhado. Comecei por um berço enfeitado de tules junto à cama de casal que possuía duas covas longitudinais, uma à medida da minha mãe e outra, maior, do tamanho do meu pai, onde eles se estendiam muito direitos, à noite, como a caneta e a lapiseira Parker nos sulcos do estojo. Sempre que eu chorava, um resmungo ensonado
— Aposto que perdeu a chupeta
subia pedregosamente dos lençóis, uma manga tacteava o escuro para me baloiçar e nove meses depois um novo irmão nascia. Pela quantidade de filhos que os meus pais tiveram sou levado a concluir que fui de lágrima fácil.

Do berço, passei para o quarto das criadas que tal como as santas apenas possuíam nome próprio, para as salvar da densidade terrestre de um apelido redutor, Teixeira, Mendes ou Brito, que não vai bem com o Paraíso. A única diferença consistia no facto de, em lugar de morarem nos calendários de argolas, em letras pequeninas por baixo do dia do ano, servirem à mesa de uniforme e crista, com a languidez do incenso substituída por sabão azul e branco e pelo cheiro de cebola do refogado. Nos domingos de saída eram esperadas por maganões pouco católicos, de cigarro cravado no queixo, encostados a uma esquina com um dos sapatos no chão e outro contra a parede na extremidade da perna flectida, numa imobilidade de flamingos de Jardim Zoológico em equilíbrio sobre um único calo. Ainda hoje quando oiço certos nomes
(Epifânia, Jacinta, Felicidade, Cândida, Albertina)
não sei se me falam de santas se de cozinheiras.

Do quarto das criadas passei para uma câmara com o meu irmão Frederico, que tomava a sério as equações do segundo grau, o ramal do Vouga e os complementos indirectos, enquanto eu me debruçava da janela do quintal para a afilhada do padeiro, criatura íntima dos papo-secos a quem a minha carcaça não impressionava absolutamente nada. O resultado acha-se à vista: o meu irmão é um gestor importante, a afilhada do padeiro casou com um caixa de banco mais parecido com um croissant do que eu, prosperou em quilos e anéis e mora no Ginjal, e eu continuo à janela à espera que os anos de outrora me regressem à palma da mão como boomerangs fiéis. No fundo, o tempo não passou: se colo à orelha a minha própria infância, à maneira de um búzio, escuto um mar de dias de sol e de risos de primas em biquini a adiar-me o futuro e a consentir-me a esperança.

Verifico com alívio que a vida permanece mais ou menos habitável e estendo-me de costas, ao comprido da semana, como um armador grego no convés do seu iate, cercado de viúvas de presidentes americanos e de Picassos do período azul: quem nunca se interessou pelo ramal do Vouga consegue viajar, sem sair de Telheiras, nas praias do Pireu. Basta que alugue por duzentos escudos no vídeo-clube do bairro o *Colchão em delírio*, as *Coelhinhas suecas* ou o *Obrigado, avó*.

Hoje, e desde há doze anos, que durmo com a Luísa. No inverno, ao regressar do liceu, pega-me a gripe que apanhou com os alunos, o que é uma forma de partilhar comigo o seu trabalho. Como ensina história enche-me a cama de reis e não é raro encontrar na almofada as barbas de D. João de Castro ou as suíças de Afonso de Albuquerque. Como no segundo trimestre ensina o século XX trouxe há semanas Che Guevara para jantar. Cuidava que tivesse falecido na Bolívia, a Luísa garantiu-me que não. Exprime-se num português perfeito, deixou de usar boina, comprou um Alfa Romeo e dirige um atelier de arquitectura. Confidenciou-me que se prepara para salvar Portugal dos malefícios do capitalismo, mas o facto de no bilhete de identidade se chamar Artur da Conceição Tavares e ter nascido em Viseu faz-me, não sei porquê, desconfiar dele. A Luísa jura que sou demasiado atreito a ciúmes imbecis quando volta para casa às quatro da manhã a cheirar a after-shave e com marcas de chupões no pescoço. As reuniões de turma, argumenta ela, duram sempre até tarde mas não será um pouco estranho que trate Che Guevara por fofo? E depois o cubano é avarento. Afonso de Albuquer-

que por exemplo, sempre que ia a Espanha em serviço, trazia-
-me de Badajoz aqueles caramelos óptimos que eu gosto tanto e
uma garrafa de Anis Del Mono, e D. João de Castro deu-me um
porta-chaves, reclame da empresa de produtos farmacêuticos em
que trabalhava. Aborrece-me ter ainda de esperar quase um ano
inteiro até que ela torne a dar a Índia.

Como se o orvalho te houvesse beijado

Não sei de que é que estou à espera. Que chegues a casa, eu oiça a porta a abrir e a fechar-se, veja a tua cabeça à entrada da sala
— Olá
os teus passos corredor fora na direcção da cozinha ou do quarto, um estore que desce, uma torneira aberta, um armário, tu de novo a aproximares-te de mim, a sentares-te na sala com um suspiro
— Então?
a esqueceres-me, a ligares o televisor, a apanhares uma revista de moda do cestinho ao lado da poltrona, o teu perfil, agora de óculos, a folhear horóscopos, vestidos, maquilhagens, a voltar-se marcando a página com o dedo
— Tens fome?
a boca séria, os olhos sérios, o colar mexicano
mexicano?
da mesma cor que a blusa, tirares o brinco para responderes ao telemóvel num
— Olá
diferente do
— Olá
que me deste, mais vagaroso, mais terno, embrulhado na fita de um sorriso, conheci esse modo de falar há tantos anos, esse corpo inclinado para trás, os dedos a arranjarem o cabelo como se a voz que não oiço te conseguisse ver
— Amanhã, depois de amanhã, quarta-feira
aposto que um homem que não sei quem é ou prefiro não saber quem é, as pernas a cruzarem-se em sentido contrário
— Eu depois ligo-te, sim?
o telemóvel guardado na carteira, o sorriso dissolvido na boca séria, no colar mexicano

— Não me disseste se tinhas fome

há quanto tempo deixaste de gostar de mim, há quanto tempo isto, deitas-te primeiro do que eu, acordas por um segundo quando chego à cama

— Importas-te de apagar a luz?

sumida na almofada de costas para mim, dispo-me na claridade dos números do despertador, o colchão vibra acordando-te de novo

— Meu Deus

encontro de manhã os meus cereais numa bandeja e o apartamento vazio, um resto de gotas na cortina do chuveiro, a tua escova de dentes húmida ao lado da minha escova de dentes seca, a tua ausência tão presente na revista de moda esquecida no sofá, a tigela dos teus cereais no lava-loiças com a colher lá dentro, cheia até meio de água esbranquiçada, uma franja de tapete que um dos teus saltos descoseu, o colar mexicano

mexicano?

no tampo da cómoda, que roupa terás hoje, que penteado, que sapatos, com quem vais almoçar, se peço à minha secretária para falar com a tua a senhora doutora saiu ou se não saiu

— Diz depressa que tenho imenso trabalho

de forma que não sei de que é que estou à espera. Já com as chaves do automóvel na mão fico diante da casa de banho a observar as gotas na cortina do chuveiro e a imaginar-te saindo do duche com a toalha maior à cintura e a mais pequena na cabeça, escorrendo lagrimazinhas de fumo como se o orvalho te houvesse beijado. Imagino os teus pés nos azulejos, as tuas costas, os teus ombros, instalo-me ao volante contigo nua ao lado e a pouco e pouco, à medida que a garagem da empresa se aproxima, uma paz, um contentamento, uma exaltação de namorado. Tenho a tua fotografia aqui na estante dos livros, junto à medalha do torneio de ténis e à carta emoldurada do ministro, uma fotografia de há cinco anos se tanto, de óculos escuros, na praia, a acenares para mim. Costumávamos cear na varanda a afastar os mosquitos, dúzias de lanternas de barcos acendiam-se no mar. Talvez fôssemos felizes nesse tempo. Fomos de certeza felizes porque as paredes do coração eram tão finas que se podia escutar do outro lado.

O tenente-coronel e o Natal

A única coisa que quero do Natal é que acabe depressa, acabem depressa as avenidas iluminadas, as lâmpadas nas árvores, a agitação das lojas, toda esta gente nas ruas, os embrulhos, os laçarotes, as fitas, os vizinhos que me deixam bocados de pinheiro nas escadas, o filho da porteira empregado num armazém de roupa a sair de casa vestido com um casaco encarnado, soprando a barba de algodão para me dizer

— Boa tarde senhor tenente-coronel

e eu a desligar o telefone para que não me macem, a esquecer a caixa do correio a fim de não aturar as boas-festas de ninguém, eu de televisão apagada porque detesto filmes bíblicos, sinos que badalam, mensagens de primeiros-ministros e programas de circo, e nisto o engenheiro do terceiro-esquerdo a tocar-me a campainha todo sorrisos

— A minha mulher manda perguntar se não quer passar lá por cima à noite para comermos uma fatia de bolo-rei juntos

o engenheiro com cuspo nos cantos da boca quando fala, eu sem ser capaz de desprender os olhos do cuspo numa espécie de fascinação enojada, a ver as bolhinhas que diminuíam e aumentavam, simpatiquíssimas

— Somos a minha mulher a minha cunhada e eu uma coisa assim em família compreende um seráozinho de amigos

o engenheiro a querer impingir-me, está-se mesmo a ver, o trambolho da cunhada viúva que mora seis prédios mais abaixo, na esquina para a Paiva Couceiro, uma loira de cabelo armado que vai à praça de jóias e casaco de peles e que por acaso nem é feia, e eu para o cuspo, hipnotizado de horror

— O senhor engenheiro sabe perfeitamente que sou um bicho-do-mato dos diabos quando talvez não fosse mau dividir o sofá com a cunhada dos colares e dos anéis, a espiolhar-lhe o decote com a palma por debaixo da fatia de bolo por causa das migalhas, a mulher do engenheiro, solícita, debruçada para mim

— Não quer um pires senhor tenente-coronel?

a cunhada a limpar-me a mão com o guardanapo dela roçando-me o mindinho pelo pulso, a cunhada de pestanas compridas como patas de barata a dar a dar, a cunhada de boquinha em bico, toda coquete

— Deixa estar que já resolvemos os dois o problema não é verdade que resolvemos senhor tenente-coronel?

e agora, desde que me puseram na reserva, até podia acompanhá-la à praça, até podia convidá-la para uma matinée, até podíamos jantar os dois na Baixa num cantinho discreto ao pé do viveiro das lagostas a atropelarem-se muito devagar umas às outras, ela a falar-me do marido defunto e eu a pensar

— Se eu lhe fizer uma festa será que ela se zanga?

eu hesitando, faço não faço, faço não faço, a cunhada do engenheiro, a pôr manteiga num cantinho do pão com gestos de relojoeiro e a inchar no decote

— Trate-me por Ofélia por amor de Deus que cerimónias são essas?

eu sem me decidir, faço não faço, faço não faço, faço não faço, a assoar-me para lhe perceber melhor o perfume, a ver-lhe o tremor das narinas, comovido com o traço do lápis que saiu do lugar

(é a única mulher do mundo a quem o lápis fora da pálpebra me comove)

eu faço não faço, faço não faço, as lagostas a atropelarem-se au ralenti e o chato do criado num soprozito de desculpa

— A gente queríamos fechar

eu no táxi para o prédio dela a sentir-lhe a coxa contra a minha coxa, faço não faço, faço não faço, faço não faço, uma coxa grossa, bem cheirosa, redonda, terna, e ela num cochicho para o chofer não ouvir

— Perdeu o pio?

espantada ou divertida ou preocupada comigo

— Não se sente bem?

e eu faço não faço a gaguejar à procura do maço de cigarros

— Claro que me sinto bem sinto-me óptimo

mas não sentia, tinha pena que se fosse embora, tinha saudades dela, o apartamento havia de andar muito melhor com ela aqui, imaginei os naperons, imaginei as flores, imaginei os cuidados e o engenheiro no patamar, com as bolhinhas de cuspo a crescerem nos ângulos da boca

— Qual bicho-do-mato qual quê senhor tenente-coronel apareça aí às onze

passa da meia-noite e continuo aqui sozinho, de televisão desligada, de telefone desligado, pus os chinelos, o pijama, o roupão de lã, a manta nos joelhos que está um frio desgraçado, continuo aqui a imaginar a cunhada lá em cima, o perfume dela, o cabelo loiro, os colares, as jóias, aquele traço de lápis fora do lugar, sem coragem para subir um lanço de degraus, ir ter com eles, a verdade é que não gosto do Natal, detesto o Natal, detesto as ruas iluminadas, as lâmpadas nas árvores, a agitação das lojas, os embrulhos, os laçarotes, as fitas, o espumante, detesto bolo-rei, sobretudo detesto bolo-rei, bolo-rei comido sozinho, numa sala sem pinheiro nem qualquer mão por baixo para aparar as migalhas, para o ano se o engenheiro voltar a convidar-me digo-lhe que sim, pode ser que a cunhada continue viúva, pode ser que ainda vá às compras de casaco de peles, pode ser que eu, pode ser que ela, pode ser que continuemos os dois vivos, trezentos e sessenta e cinco dias, que diabo, não é assim tanto tempo.

As coisas da vida

Não te preocupes comigo porque eu sabia que as coisas não podiam durar sempre. Não foste feita para viver em duas assoalhadas com um escritor que não escreve, para tomar banho de água gelada porque a companhia do gás não fia, para aturar as má-criações do senhorio porque me atrasei na renda. Não te preocupes comigo: compreendo que te vás embora, não armo escândalos, não te peço que fiques. Claro que me custa um bocadinho, ao princípio vou sentir a tua falta, nos primeiros tempos, em chegando as sete horas, ao ouvir os passos no patamar hei-de correr até à porta
 — É a Teresa

e afinal não é a Teresa, é o vizinho do lado esquerdo com um saco do supermercado em cada mão, o vizinho a escapar ao meu abraço julgando que eu enlouqueci e eu a recuar aflitíssimo
 — Desculpe senhor Vasconcelos tomei-o por outra pessoa

o vizinho a aconselhar-me com maus modos que deixe de beber e a aferrolhar-se em casa com medo que eu apareça para o beijar tratando-o por amor. Mas não te preocupes comigo: daqui a seis meses estou fino, daqui a seis meses já comecei o romance e consegui um empréstimo do editor, daqui a seis meses, garanto-te, tenho a certeza que me esqueço de ti. No início estas coisas parecem sempre horríveis e depois à medida que a gente se habitua vamos tendo menos vontade de chorar, vamos recomeçando a interessar-nos por atentados à bomba e divórcios de princesas que são os dois tipos de catástrofes que mais nos apaixonam no jornal, deixamos de aborrecer os amigos com telefonemas a desoras e um belo dia
 (é a vida)

damos por nós a assobiar ao espelho durante a barba da manhã, se alguém nos pergunta no café

— O que é feito da Teresa?

temos de fazer um esforço para nos lembrarmos de qual Teresa

— Qual Teresa?

os outros espantados

— A tua mulher que Teresa querias que fosse?

e nós num tonzinho desprendido, nós sinceros

— Ah a Teresa sei lá não a vejo há séculos

e verificamos sem surpresa que dizer o teu nome já não dói, que não nos recordamos bem da tua cara, que deixaste definitivamente de existir. Portanto não te preocupes comigo: isto passa. Passa a vontade de morrer, passa o desejo de escrever Teresa no pó dos móveis

(porque não vou ter ninguém para os limpar)

e nos vidros embaciados da janela, passa a estupidez de passar os dias estendido no sofá, a olhar o tecto e lembrar-me daquele passeio à Foz do Arelho, daquele vestido azul que não tornarei a ver, daquele encavalitamento dos incisivos de que eu gostava tanto, do domingo em que queimaste o jantar, das tuas fúrias por eu apertar a pasta de dentes pelo meio e deixar a torneira do lavatório a pingar toda a noite

— Pensas que és rico?

ou de quando lia o jornal por cima do teu ombro e tu incomodadíssima

— Não consigo ler o jornal com uma pessoa a espreitar por cima do meu ombro desculpa

a atirares com as páginas e a fechares-te no quarto num derradeiro berro

— Que chatice

tu que afastavas a perna se eu aproximava a minha, ficavas hirta se eu tentava beijar-te, cessaste de me dar a mão no cinema, se eu te perguntava

— Amas-me?

ficavas calada ou resmungavas num esforço de alpinista no Himalaia, como se as palavras pesassem toneladas e o oxigénio faltasse

— Se eu não te amasse achas que estava aqui?

tinhas relações sem uma palavra, de dedos mortos nas minhas costas como se desejasses

(imagina o que fui pensar, que parvoíce)
que terminasse depressa, como se desejasses ver-te livre de mim, que se eu me interessava
— Foi bom?
me respondias
— Estou cansada dói-me a cabeça não sei
e te lavavas muito depressa como se eu te tivesse infectado, a chapinhares meia hora no bidé. Eu sabia que isto não podia durar sempre. Não foste feita para viver em duas assoalhadas com um escritor que não escreve, não foste feita para tomar banho de água gelada porque a companhia do gás não fia, não foste feita para aturar as má-criações do senhorio porque me atrasei na renda. Não te preocupes comigo: compreendo que te vás embora, não armo escândalos, não te peço que fiques, juro que não me zango se esse amigo de que me estás a falar e que não sei quem é vier ajudar-te a levar a tua roupa, a levar os teus livros. Não me zango: assim que vocês começarem a descer as escadas ligo à Mariana ou à Paula ou à Raquel, convido-as para sair comigo, recomeço a existência do princípio. Não julguem que vou desfazer-me em lágrimas ou que me suicido. Não vou. Asseguro-te que não vou. Em todo o caso, pelo sim pelo não, deixa ficar os lenços de papel e a embalagem de valium. A gente sempre precisa de qualquer coisa que nos faça companhia não é, e detesto limpar o nariz à manga do casaco da mesma forma que a ideia de me atirar pela janela me repugna: ainda podia cair em cima de vocês, lá em baixo no passeio à espera de táxi, ainda podia cair em cima do teu amigo e partir-lhe um osso ou assim e tu havias de imaginar que me sinto agressivo
que não sinto
com esse filho da mãe, desculpa, com esse rapaz que deve ser, que tem de ser, que aposto que é uma jóia de pessoa.

O amor conjugal

Estou casada há vinte e quatro anos e não sei se gosto ou se me habituei. Não morro de entusiasmo com a ideia de o meu marido voltar todos os dias para casa às seis e meia sete mas também não é desagradável. Não me apaixona o facto de passar o mês inteiro de férias com ele e os pequenos mas também não me aborreço por aí além. Fazer amor não é a coisa mais apaixonante do mundo mas também não posso dizer que seja um frete. O Zé Tó tem sentido de humor, não é feio, não é parvo, apesar de tudo não tem muita barriga, não está mal para a idade, oferece-me flores de vez em quando, traz-me perfumes do free shop ao voltar das reuniões de Londres, comecei a namorá-lo aos dezassete, nunca dormi com mais ninguém, sinceramente não me vejo a dormir com mais ninguém e todavia, percebe, não sei se gosto dele ou se me habituei. Chego a pensar que gosto se o comparo com outros homens, com os maridos das minhas amigas por exemplo, com os meus cunhados, chego a pensar que me habituei quando vejo um filme com o Robert De Niro. Não é que o Robert De Niro seja bonito ou assim: é o sorriso, é a maneira de olhar, é o vazio que fica em mim ao acenderem as luzes e em vez do Robert De Niro, o Zé Tó ao meu lado na cadeira, o Zé Tó ao meu lado no automóvel, o Zé Tó a perguntar-me em português se a mulher-a--dias lhe passou as calças cinzentas, a torneira do quarto de banho a correr, eu deitada, e é o Zé Tó, em pijama, quem se estende à minha esquerda com aquelas revistas de jipes todo-o-terreno que ele adora ler, é o Zé Tó quem me dá um beijo, quem apaga a luz, é o calcanhar do Zé Tó que me toca na perna, é o Zé Tó que adormece com uma rapidez que me irrita e me deixa sozinha no escuro a olhar o tecto à espera do sono que não vem, que não há maneira de vir, que demora séculos a chegar. Claro que se o Robert De Niro aqui estivesse não o queria para nada. Tem com certeza montes de manias chatíssimas, tem com certeza um feitio egocêntrico, se calhar gosta de construir aviões em miniatura ou outras parvoíces do género, se calhar enganava-me a torto e a direito com as actrizes de Hollywood

(e eu já cá cantam quarenta e seis e posso não ser feia mas não sou propriamente a Jessica Lange)

e a minha vida tornava-se um inferno de ciumeiras e de partes gagas canalhas. Às vezes, está a ver, interrogo-me acerca do motivo que me faz vir à cabeça esta história de não saber se gosto do Zé Tó ou se me habituei, às vezes interrogo-me se será importante gostar dele, se será importante o amor, se não será mais importante a amizade, o companheirismo

(é uma palavra horrível tipo escuteiro, não é, acho que é uma palavra horrível mas não encontro outra)

os pequenos, que são óptimos, não nos trazem problemas, não se drogam, estão ambos na faculdade, nunca nos estamparam nenhum carro, preocupam-se imenso connosco sobretudo o Diogo que o Bernardo sempre foi mais desprendido o que não quer dizer que não seja um encanto, às vezes interrogo-me se não será mais importante a cumplicidade

(também não me agrada a palavra, cheira a roubo à mão armada não acha?)

a ausência de discussões, o bom feitio do Zé Tó, a pachorra dele para os meus caprichos, para o temperamentozinho que herdei do meu pai, para o meu desejo de operar o peito, de fazer um lifting, de me parecer com aquilo que fui mesmo se ao sorrir tiver a sensação que os ângulos da boca se vão rasgar num barulho de tecido. Ainda bem que você está de acordo comigo, nem calcula o peso que me tira de cima, ainda bem que você também considera a amizade mais importante que o amor, a amizade, o companheirismo

(lá está a palavra, que saco)

os pequenos, a cumplicidade

(e vão duas)

a ausência de discussões, o bom feitio do Zé Tó, ainda bem que você julga que não me devo questionar sobre se gosto dele ou se me habituei, ainda bem que me convidou para jantar só que eu jantar não posso, doutor, que desculpa ia dar ao Zé Tó diga-me lá, podemos mudar para um almoço sexta-feira num

restaurante que não seja perto nem do seu consultório nem da minha casa, de preferência sem pessoas conhecidas, eu até sinto que você tem qualquer coisa do Robert De Niro, o sorriso, a maneira de olhar, mal entrei no seu gabinete pensei logo
— Este psicólogo tem qualquer coisa do Robert De Niro aposto que nos vamos dar bem
e agora sou capaz de jurar que nos vamos dar bem, sou capaz de jurar que a seguir ao almoço nos vamos dar lindamente.

Saudades de Ireneia

Ainda tens os cabelos loiros Ireneia? Ainda moras na rua da escola? Ainda pões aquela saiazinha verde muito curta e os patins de botas brancas, ainda giras à roda à roda à roda no rinque de patinagem do Académico, de braços no ar por cima da cabeça, sem olhar para mim, sem olhar para ninguém? Ainda fazes uma vénia quando a música acaba mesmo que não haja ninguém para aplaudir?
    Lembro-me de saíres da rua da escola com os patins às costas e me espantar por andares como as outras pessoas, por andares como eu porque me era difícil imaginar-te fora do rinque, a girar à roda à roda à roda, de braços no ar por cima da cabeça, porque me era difícil imaginar-te com uma vida como a nossa, emprego, casa, jantar, dores de dentes, gripes, conta do gás, era-me difícil imaginar-te no meio de torneiras que não vedavam bem, de tectos que pingavam no inverno, de discussões, de borbulhas, de pontos pretos, de rafeiros que nos esquecemos de levar às árvores e se descuidam na esteira.
    Ainda pões aquela saiazinha verde, Ireneia, ainda ficas muito séria quando a música acaba, dobrada numa vénia sem olhar para ninguém?
    O teu pai era empregado na Carris, picou-me bilhetes vezes sem conta, chamava-se senhor Geraldo e era careca, a tua mãe deixou o lugar na praça por causa das artérias que eu bem a ouvia queixar-se à minha tia
    — O meu ponto fraco são as artérias dona Lúcia
    e eu achava esquisito, achava impossível teres nascido deles e morares numa cave da rua da escola de duas divisões se tanto, janelas à altura do passeio e uma cadelita com uma capa de lã sempre a ladrar lá dentro, achava esquisito viveres com o senhor Geraldo e a senhora das artérias

— O médico não há maneira de me atinar com os comprimidos dona Lúcia

que puxava o corpo com uma bengala e se lamentava de o senhor Geraldo se tornar violento com a cerveja

— Até um pontapé deu na Menina, dona Lúcia, que ficou a ganir a tarde toda

achava de tal maneira esquisito, de tal maneira impossível que para mim tu não existias na rua da escola, Ireneia, existias no rinque do Académico a girar à roda à roda à roda com aquela saiazinha verde muito curta e os patins de botas brancas, livre de artérias, cadelas e cervejas a agradecer as palmas que ninguém batia, existias sozinha, acima de nós, etérea, inalcançável, diferente, livre das nossas maçadas e da nossa falta de dinheiro, vogando de cabelo preso num laço

o teu cabelo loiro Ireneia

num bairro onde não existiam lojas de penhores nem obras no alcatrão nem desempregados a jogarem sueca sentados nos tijolos de uma obra no largo que não acabava nunca, que os operários abandonaram a meio deixando poeira e sacos e andaimes a atravancarem a passagem para a igreja e a obrigarem-nos a dar a volta pelo acampamento dos ciganos ou pelo terreiro do circo que era só um palhaço e um leão tinhoso à espera, à entrada de uma rulote, do público que não havia.

Que é feito de ti Ireneia? Dizem-me que engordaste mas não acredito, que o senhor Geraldo morreu, que a tua mãe morreu, que habitas a cave na rua da escola casada com um empregado dos telefones, que também sofres das artérias, que nunca mais patinaste no Académico mas não pode ser. Amanhã à tarde vou lá ao rinque ver-te porque tenho a certeza que mesmo passados trinta anos ainda tens os cabelos loiros Ireneia, ainda tens aquela saiazinha verde muito curta, ainda giras à roda à roda à roda de braços no ar por cima da cabeça, e quando a música acabar e te dobrares numa vénia sem olhar para ninguém, se por acaso deres conta de uma criatura na bancada a aplaudir-te sou eu. Não mudei muito. Claro que estou mais velho mas sou eu. Aquele rapaz gago com uma falhazita no lábio, que nunca teve coragem de sorrir-te, nunca teve coragem de te dizer olá. O sobrinho da dona Lúcia, que a dona Lúcia garantia não passar da cepa torta derivado ao pé boto e àquele defeito na fala. Realmente não passei da cepa torta mas continuo a ir ao rinque de patinagem aos domingos na esperança de te ver girar à roda à roda à roda e sentir-me feliz. Gostava que aparecesses um dia Ireneia: é que às vezes é um bocadinho triste bater palmas para um rinque vazio.

Quem me assassinou para que eu seja tão doce?

O dedo imenso e estúpido do professor primário a procurar-me entre as carteiras a pretexto dos afluentes da margem esquerda do Tejo; a paciência da minha tia tentando ensinar piano
    Schmoll
        às minhas mãos sem graça; o jardineiro que matava pardais estrangulando-os atrás das costas a rir-se para mim; a menina por quem me apaixonei aos dez anos, que ia ser dentista e morreu antes disso, nos lençóis de ferro de um automóvel atrozmente amarrotados sobre uma cama de estofos, rodas, chassis: qual destas coisas me assassinou primeiro? Será difícil sofrer ou apenas uma banalidade desagradável para os outros como a velhice e a doença? Retiraram a menina, então com vinte anos, do seu colchão abraçado a um plátano e ia jurar que a boca dela
    — António
        quando a boca dela nada, essa indiferença dos finados a que chamamos sorriso e não é sorriso algum, é um alheamento vítreo, uma quietude irritante. Não pretendo senão o impossível: um menino que me acena, um barco que chega, martelar com a mão esquerda, saber dançar o tango, distinguir-te ao longe, no aeroporto, à minha espera. A minha tia ensinava-me solfejo, regulava o metrónomo e aquele dedo, imenso e estúpido também, para a direita e para a esquerda numa teimosia cardíaca. No restaurante os amigos do costume falam, falam. De quê? Deixei de ouvi-los quando um casal de reformados entra: levaram que tempos a sentar-se, os joelhos molas de canivete cujas lâminas, coitadas, lá se dobram a custo. Quando um deles falava aos gritos o outro colocava a palma em concha na orelha. A esposa pediu que lhe guardassem o resto do jantar num saco de plástico, para o cãozinho que fica em casa a raspar a porta com as unhas, de-

sesperado, pingando chichis aflitos no tapete. No apartamento deles aposto que trastes, sombras, revistas muito antigas. Talvez só não precisem da mão em concha na orelha para escutar o metrónomo. Como se engomam lençóis de ferro amarrotados? Revistas muito antigas lidas nos domingos de chuva: *A Illustração Portugueza*, *Très Sport*, e no *Très Sport* o campeão do mundo Georges Carpentier em atitude de ataque, de risca ao meio e calções compridíssimos. O adversário usava um bigode de pontas retorcidas, como os alferes do princípio do século que namoravam senhoras em varandas com colchas nas tardes de procissão. As revistas antigas cheiravam a coreto e a zaragatoa, ao pássaro empalhado do farmacêutico republicano que aviava receitas a insultar Deus. A minha avó explicou-me em voz baixa que o farmacêutico, em novo
    (e eu seguro de que o farmacêutico nunca fora novo, mentiu-me avó)
    tinha sido um alho no jogo do pau, que a avaliar pelas instruções que me forneceu acerca desse desporto me deu ideia de uma espécie de bailado com cacetadas. Se o farmacêutico pilhasse Deus a jeito pregava-lhe uma sova e peras. No dia de Natal entrava na igreja de mãos na cintura e chapéu na cabeça, a desafiar o Criador:

— Mostra o que vales, anda.

Deus, cheio de paciência, foi-o aturando uns anos, caladinho, até se decidir

(Deus demora tempo a decidir-se)

a fazê-lo escorregar nas escadas. No meu modo de ver foi uma morte à traição. Na tarde do funeral a minha tia para o metrónomo: devia ter amado o farmacêutico em jovem. A prova é que se lhe comprava um xarope a boca dela tremia, e os braços do farmacêutico desenhavam gestos sem sentido. Tratava-a por

— Minha senhora

e até sairmos deixava Deus em paz. Uma ocasião em que a minha tia se esqueceu do guarda-chuva e voltei à loja a buscá-lo dei com o farmacêutico a assoar-se. Enfiou a manga no boião dos rebuçados peitorais e, sem tirar o lenço do nariz, estendeu-me uma porção de cubos que cheiravam a eucalipto e a açúcar, com um senhor de barbas
    o professor Malinovski

impresso no papel, dentro de um medalhão cercado de florinhas. A minha tia corou quando lhos entreguei e guardou-os com precauções de cristal no cofrezito das jóias, quer-se dizer um camafeu sem cercadura e a aliança dos pais. A seguir perguntou-me
— O que estava ele a fazer?
Respondi
— A assoar-se.
E ficou séculos na sala a olhar o piano. Li há muito tempo num livro que a pátria de uma mulher é onde se apaixonou. Nessa noite, ao jantar, reparei que a minha tia tinha posto perfume. E a glicínia batia contra os vidros a dizer-nos adeus. Pareceu-me que a glicínia em gestos sem sentido, pareceu-me que um cacho
— Minha senhora
pareceu-me que a minha tia a escutava mas devo ter-me enganado. Enganei-me de certeza: desde quando é que as glicínias se assoam?

Os Lusíadas contados às crianças

O senhor Peres nunca me disse que gostava de mim e eu nunca disse ao senhor Peres que gostava dele, talvez pelos vinte e três anos de diferença, talvez por ser o meu patrão, talvez porque ele fosse mais baixo do que eu e os dois juntos num retrato, comigo maior, dava-me um bocadinho de impressão. Na loja não se notava visto trabalhar sentada na caixa e o senhor Peres de pé a atender os clientes, sempre educado, sempre de preto, sempre com a aliança dele e a da esposa no dedo, sempre respeitador para toda a gente e de poucas conversas a não ser quando nos entravam no estabelecimento esses rapazes novos, de brinco na orelha e cabelo comprido, e ao irem-se embora o senhor Peres que país este, onde é que vamos parar. Às cinco para as sete levantava-me da caixa, arranjava o cabelo no espelhinho, dizia
— Até amanhã, senhor Peres
o senhor Peres, vinte centímetros mais próximo do chão
— Até amanhã, menina Noélia
e no quarteirão vizinho, número 33 segundo esquerdo, a minha mãe à espera com a sopa na mesa e a novela. Não é uma vida triste: temos a pensão do meu pai, comprámos o andar e com o meu ordenado e a reforma da minha mãe todos os meses de julho fazemos uma excursão a Espanha. Há uma fotografia minha na sala diante do Museu do Prado, com um vestido branco que eu adorava e infelizmente queimei com o ferro, e de vez em quando recebo carta do meu primo no Canadá. Não fala em casamento mas a minha mãe tem a certeza que qualquer dia se decide, os homens acabam por assentar, é uma questão de tempo. A única coisa que me obriga a prometer é que não vou morar para Toronto, para mais com casa posta em Lisboa

(ainda esta primavera pusemos uma marquise nova)

um emprego razoável, o clima, a novela e o médico de família que sempre me acertou quando do problema dos rins e da vesícula. Como diz a minha mãe, e tem razão, um bom doutor é mais difícil de encontrar que um bom marido, e além disso não nos puxa os cobertores todos para o lado dele durante a noite. Portanto no nosso quarto de banho só existem duas escovas de dentes e a minha mãe acha que andamos muito bem desta maneira. Há ocasiões em que me sinto tentada a discordar dela mas fico caladinha, claro, para evitar palpitações: o médico explicou-nos que a minha mãe tem um coração de pardal e portanto muita calma, dona Celina, quando chegar ao episódio da novela em que a actriz mata o cunhado para lhe ficar com a herança desligue o aparelho e peça à sua filha que lhe leia o resumo no jornal, passando por cima do revólver e do sangue.

O senhor Peres nunca me disse que gostava de mim, eu nunca disse ao senhor Peres que gostava dele, e admirou-me que na semana passada, ao arranjar o cabelo no espelhinho, já levantada da caixa, ele me tenha perguntado, com a boca mais ou menos pelo quinto botão da minha blusa, se queria acompanhá-lo a uma esplanada junto ao rio no domingo, conforme costumava fazer na época da esposa, antes do mês penoso da diabetes e do funeral. A minha mãe foi de opinião que o meu primo não se importaria

(— Um cavalheiro, Noélia)

e o senhor Peres passou a buscar-me no automóvel antigo, todo embrulhado em fumo e peças soltas. Levei um casaco de malha dado que com o tempo traiçoeiro que anda por aí agora nunca se sabe quando chega o frio, a minha mãe cumprimentou o senhor Peres da janela, ou seja o que do senhor Peres se percebia no meio do carvão do escape, e recomendou-me aos gritos toma tento na mala que gatunagem à solta é o que não falta. A esplanada era em Belém e os sapatos apertavam-me. O senhor Peres ofereceu-me um sumo de maçã e pediu licença

— Não se importa, menina Noélia?

para beber uma cerveja. As mãos dele pareceram-me ainda mais pequenas do que na loja, trazia uma gravata com um alfinete de pérola e gastámos duas horas a olhar os barcos entre cascas de camarões e silêncios envergonhados. As pessoas à nossa volta assoavam crianças e um velhote cirandava de mesa

em mesa a vender miniaturas da Vénus de Milo em gesso, com aqueles braços cortados como os cauteleiros. Não pensei em Toronto, não pensei no meu primo, não pensei em nada. O senhor Peres atrapalhava-se com os camarões e pela maneira como não olhava para mim compreendi que tomava coragem a fim de me dar parte de uma decisão qualquer. Abriu a boca e fechou a boca. Tornou a abrir a boca e a fechá-la. Ao cabo de imenso tempo abriu-a de novo, hesitou, e meteu um camarão lá dentro sem lhe tirar a casca. Um cão vadio farejou-nos as pernas e desinteressou--se. O senhor Peres desistiu, tirou o pente das calças e ajeitou a risca. Talvez eu pudesse ajudá-lo a falar, segurar-lhe nos dedos, sorrir-lhe. Talvez a minha vida não fosse tão alegre apesar das excursões a Espanha. Talvez que eu e o senhor Peres. Talvez que o senhor Peres e eu mesmo com a diferença de idades. Talvez que a minha mãe aprovasse. Talvez descascar um camarão para o senhor Peres não se engasgar. Talvez que se a ideia de nós dois juntos num retrato não me desse impressão. Ter de andar na parte mais baixa dos passeios, usar sapatos rasos, curvar-me um tudo nada. Talvez que se não fossem horas de voltar para casa
— Até amanhã, menina Noélia
— Até amanhã, senhor Peres
e ele a desaparecer no automóvel antigo, embrulhado em fumo e peças soltas. Não tem importância: mais mês menos mês chega uma carta de Toronto a falar em casamento. Os homens acabam por assentar, é uma questão de tempo, o meu primo tem mais uma palma travessa do que eu e em outubro pomos chão de tacos na sala. Pensando bem não me posso queixar de nada.

Espero por ti no meio das gaivotas

Por que motivo apenas te aproximas de mim quando queres fazer amor? No resto do tempo chegas do banco e és só jornal e calças no sofá, se tento falar-te o jornal treme de zanga, se tento mais um pouco, as pernas cruzam-se, impacientes, em sentido contrário, o sapato fica a dar e dar no vazio, toco-te e encolhes-te, faço-te uma festa no cabelo e a cabeça diminui de tamanho, arrepiada, um protesto ronca das notícias
— O que foi agora?
— Já nem se pode ler em paz?
— Fazes o favor de não me despentear?
jantas calado a rolar bolinhas de pão entre suspiros, desapareces antes que eu acabe de comer, nem uma palavra para a minha saia nova, uma pergunta sobre como me correu o dia nas Finanças, um beijo, ficas de mãos nos bolsos a olhar o prédio em frente, atiras o canal para o desporto quando começa a novela, aborreces-te do desporto, carregas no botão e reaparece a novela
— Olha essa porcaria à tua vontade
tudo te enjoa, te aborrece, te cansa e uma vez por semana, quando já estou meia a dormir, o teu braço a arrepelar-me, o ombro que me aleija, uma vertigem rápida, um camião a abanar o prédio na rua, eu a fixar os números luminosos do despertador ao lado das tuas costas indiferentes, o que aconteceu, amor, para mudares assim tanto
(— Não mudei nada, que mania)
ao conhecermo-nos, há dez anos
minto
há onze anos, chegavas-te a mim embrulhado em vénias de timidez, a ensaboar as mãos, com o sorriso borboleteando em volta da boca sem se atrever a poisar

— Um dia destes convido-a para um café, menina Clara

tão atencioso, tão terno, tão preocupado comigo, a notar quando eu mudava de brincos, de penteado, de anel

— Que bem que lhe fica a franja, menina Clara.

O meu pai simpatizou logo contigo por te levantares, com o tal sorriso a adejar, mal eu entrava na sala, o que aconteceu, amor, para mudares assim tanto

(— E ela a dar-lhe, que gaita)

descíamos para a muralha do rio, em novembro, com as gaivotas todas na praia, corríamos de mão dada a assustar os pássaros, achavas-me graça, achavas-me bonita, dizias que eu ficava linda a correr

— Parece mesmo uma gaivota, sabia?

que qualquer dia me escapava de ti, a bater as asas no rastro de um cargueiro turco, perguntavas-me ao ouvido, aflitíssimo, ansioso

— Nunca me deixa, pois não?

(— As fantasias que tu vais buscar, meu Deus)

apertavas-me tanto pela cintura que quase não conseguia respirar, por favor explica-me o que fiz de mal para mudares assim tanto, ainda sou capaz de correr da mesma maneira se voltarmos à praia em novembro, que é feito do teu sorriso e do ensaboar das mãos, ponho um baton diferente, a blusa decotada, os sapatos que nunca me atrevi a usar para os homens não se meterem comigo na avenida

— Ainda há quem me ache engraçada, sabias?

(— Pois que lhes faça muito bom proveito)

desço lá abaixo à muralha e fico no meio das gaivotas à espera que chegues

(— Agora deste em maluca ou quê?)

sem jornal, sem canetas, sem bolinhas de pão, a convidares-me, nervoso, para um café na esplanada, soprando pelo meio do sorriso que não pára, que não pára

— Apetece-me tanto dar-lhe um beijo, Clarinha

(— As parvoíces que a gente diz em novo, senhores)

e nisto, não sei se deste conta, as gaivotas sumiram-se todas e ficámos sozinhos, amor, só a praia e as ondas e eu tão contente, tão com a certeza

ainda tenho a certeza

(— Cada qual tem as certezas que quer)
de sermos felizes para sempre, de podermos ser felizes se um dia me deixares
deixas não deixas, aposto que deixas
(— Que teimosia, que insistência, já é cisma, caramba)
abraçar-te.

O Spitfire dos Olivais

O amor dos animais

Mandaram-no à consulta do Hospital Miguel Bombarda só porque ele gostava de animais. Tinha cinquenta anos, era reformado, vivia sozinho, e a família inquietava-se com aquele amor pelos bichos
— O doutor acha normal que os meus irmãos se preocupem com isso? O doutor por exemplo não aprecia cães?
Vestia fato completo, gravata, trazia uma pasta no sovaco, o cabelo com o traço da escova nas madeixas, pedia licença para fumar
— Cença
tirava cigarros do estojo de plástico a fingir tartaruga, batia-os no verniz do polegar
— Eu gosto de animais e os meus irmãos de volta de mim Olha que tens de ir à consulta do Bombarda Fernando. Com franqueza diga-me cá: acha normal?
o isqueiro cromado que nem prata, a chama, o estalinho da tampa, compunha o nó da gravata, verificava o trabalho da manicura de dedos estendidos, aborrecia-se com desprezo da aflição alheia
— Desde quando senhores é que ter afecto pelos animais é ser maluco?
Antes dele eu tinha visto uma senhora triste como a chuva num pátio de colégio, com os olhos a pingarem pela cara abaixo, e um bêbado de vinho colérico a ameaçar de mão fechada a esposa mais feia que um chicharro
— Esta vampe dorme-me com o bairro inteiro
de modo que não entendia os escrúpulos dos manos do cavalheiro dos animais e preparava-me para lhe dar razão quando ele, de cigarro no ar à procura de cinzeiro, me perguntou, já cúmplice, a sentir-me do seu lado, de olhinho a rasar a pálpebra sabida

— Aposto que o doutor é como eu, aposto que ao doutor também lhe agrada conversar com os tigres

eu desenhava círculos distraído num bloco, longe dali, mas os tigres trouxeram-me um tudo nada de volta

— Tigres?

encontrou um pratinho de folha debaixo das receitas, limpou a brasa com a unha do mínimo, soprou o fumo em argolas que se metiam umas dentro das outras, proeza que eu adoraria saber fazer e nunca fui capaz: o melhor que consigo é engasgar-me de tosse

— Tigres?

— Tigres. Aos domingos vou ao Jardim Zoológico conversar com eles. Anteontem quando eu ia a entrar na jaula puxaram-me à força para fora.

Como me ensinaram que o médico tem de ser paciente acabei o círculo do bloco, aperfeiçoei-o e comecei outro, com saudades do fio de glicerina na voz da senhora triste e dos ciúmes ferozes do bêbado que o chicharro enganava com o bairro inteiro

— Conversar com os tigres

a gravata empertigou-se-lhe de desdém

— Claro. Ou queria que eu conversasse com os hipopótamos que não têm interesse nenhum?

Pessoalmente simpatizo com os hipopótamos como simpatizo com pessoas gordas estendidas de bruços numa piscina de crianças

com um filho também gordo, já com cara de velho, ao lado. O círculo, é evidente, saiu-me tortíssimo

— Adoro hipopótamos.

O amigo dos animais levantou-se ultrajado, de gravata a arder de indignação

— Você atreve-se a dizer que os hipopótamos são melhores que os tigres?

Tentei melhorar a bolinha: a esferográfica tremia, ficou péssimo. Como é que alguém se atreve a diminuir os hipopótamos à minha frente?

— Muito melhores.

— Piores.

— Muito melhores.

— Piores.

— Muito melhores.

Devíamos gritar ambos altíssimo dado que um enfermeiro entrou a correr no gabinete, a seguir um médico, outro enfermeiro depois a recomendar

— Calma calma

mais um sujeito de bata com uma seringa e uma camisola de forças. O dos tigres e eu estamos aqui internados há dois meses e odiamo-nos. Não sei o que lhe vão fazer mas a mim prometeram dar-me alta para a semana na condição de não exercer medicina.

Quero lá saber da medicina: o que quero é ir direitinho ao Jardim Zoológico com um molho de cenouras no braço, dirigir-me ao tanque e ficar ali dias seguidos, a falarmos da vida.

O Spitfire dos Olivais

O problema não é o medo, o problema é a hérnia porque medo não tenho nenhum. Se fosse medo não passava quatro meses a treinar-me no ginásio, corda, musculação, espelho, ringue, quatro meses a entrar no Ateneu a seguir ao emprego e a sair às onze da noite sem uma bucha sequer, sem poder fumar, sem poder ir à cervejaria com os amigos, sem poder namorar a Adelaide que tem de levantar-se às seis e meia para chegar a horas à fábrica e além disso assim que comecei a preparar-me para o combate o senhor Fezas preveniu-me logo
    — Se queres ser um peso-pluma a sério miúdas nem pensar
    o senhor Fezas sempre de cotonete na boca para nos meter mercurocromo nos cortes e que, como não é peso-pluma e carrega nos copos vive na Amadora com uma garota de cabelo pintado de amarelo com menos trinta anos do que ele.
    Foi o senhor Fezas que me mudou o nome ao tirar-me a fotografia para o cartaz por achar que Adérito da Conceição Bexigas não ficava bem a um campeão, e me mostrou o meu retrato e o retrato do espanhol, um ao lado do outro, o do espanhol dizia por baixo Pepe Rodrigues, o Cigano Temível, e o meu tinha Adérito, o Spitfire dos Olivais e a seguir aos nossos nomes Emocionante Combate Em Três Assaltos. Estava tudo a correr pelo melhor, o senhor Fezas a incitar-me quando eu pulava à corda
    — Grande Spitfire
    a garota do senhor Fezas, de cabelo mais amarelo do que nunca, sentada a um canto a pôr a boca em ó e a fazer balões com a pastilha elástica e nisto o espanhol entrou no Ateneu para um bocado de luvas. Achei-o muito maior que na fotografia, com mais um palmo do que eu e os braços encaroçados de músculos,

a hérnia começou logo a apoquentar-me e eu disse ao senhor Fezas, mal o espanhol abriu o hálito ao Hélder com o primeiro gancho

— Ando à rasquinha da hérnia senhor Fezas

o senhor Fezas a limpar-me o suor com a toalha

— Não sabia que tinhas uma hérnia, Spitfire

eu a apontar a virilha

— Deve ser hérnia porque me prende aqui

o senhor Fezas mandou chamar o Amílcar da farmácia para me palpar a barriga

— O Spitfire queixa-se que lhe dói a hérnia

o Amílcar a passear-me os dedos no umbigo

— Não noto hérnia nenhuma

o espanhol a despachar o Fernando com um cross que lhe fez saltar dois dentes da frente e eu para o Amílcar

— Não é aí é mais abaixo

o Amílcar que não percebe nada de hérnias a procurar mais abaixo

— Não vejo hérnia nenhuma senhor Fezas

o senhor Fezas a olhar para o espanhol que arrumava o Carlos com um directo da esquerda e a olhar para mim que não arrumava um mosquito

— O que tu tens é medo Spitfire

e eu que há meses me treino todos os dias no ginásio e deixei de fumar e de ver a Adelaide, eu que só quero combater, eu chocado com a injustiça dele

— Não tenho medo de ninguém, senhor Fezas, juro-lhe que se não fosse a hérnia dava cabo do espanhol no primeiro minuto

o senhor Fezas a cuspir a cotonete danado comigo

— E gastei eu sete contos de réis em cartazes para este cagarolas se acobardar gastei eu sete contos de réis com um maricas.

É injusto. Não se faz. Não se pode expulsar um pugilista do Ateneu só porque a hérnia o incomoda em lugar de lhe propor um combate contra um atleta mais magrinho até ele recuperar a pouco e pouco da doença. Não se rasga o cartaz na sua cara, não se lhe chama

— Spitfire de merda

não se vai contar aos amigos da cervejaria, não se vai contar à Adelaide, que sem razão nenhuma me escreveu uma carta a acabar o namoro. É injusto que o Hélder, o Fernando e o Carlos finjam não me topar se me encontram a dar umas carambolas solitárias no bilhar da cervejaria.

Que me lembre só a minha mãe é que não rompeu comigo e por me ver abatido tem-me feito leite-creme aos domingos com o desenho de um avião inglês, em canela, por cima. Para lhe agradecer já a preveni que na semana que vem tenho consulta na Caixa para tratar da hérnia e assim que estiver bom apareço outra vez ao senhor Fezas a pedir-lhe que me aceite. O tratamento deve durar um ano, que por coincidência é o tempo que o espanhol demora a deixar o boxe e a ir-se de vez, aceitando o convite para trabalhar numa serração de madeiras na Galiza.

E quando a Adelaide souber que o Spitfire dos Olivais é o campeão do bairro e me vier pedir batatinhas claro que nem troco lhe dou. E se o Hélder, o Fernando e o Carlos imaginam que aceito jogar bilhar com eles podem tirar os cavalinhos da chuva que não têm sorte nenhuma. O único problema é o espanhol desistir da serração e ficar em Lisboa. Não sei porquê palpita-me que enquanto o sentir por perto a hérnia não se cura: há pessoas, explicou-me uma vizinha da minha mãe que deita cartas, que faça a gente o que fizer nos trazem um azar dos diabos.

Está bem abelha

Como o meu pai costuma dizer, de onde menos se espera é que não sai nada de jeito, e talvez por isso nunca me entregou um lugar de responsabilidade na empresa. Não se trata de uma empresa grande: é o meu pai, a secretária do meu pai, meia dúzia de operários e eu e fabricamos clips, os clips Osório para prender papéis, vendidos em caixas de 150 nas boas casas da especialidade ou seja papelarias de bairro entre o Alto de Santo Amaro e a Ajuda. Os clips pertencem à família há três gerações, a secretária do meu pai entrou para a firma quando a veia da cabeça da minha mãe lhe rebentou e ela está lá na vivenda, muito quietinha na poltrona, com uma manta nos joelhos, a olhar para a gente com um olho morto e o outro meio vivo e a cochichar de vez em quando

— Osório

a única palavra que consegue pronunciar e que mostra bem o seu apego aos clips. Antes da história da veia a minha mãe protegia-me: sempre que eu preenchia mal uma factura e o meu pai vinha do gabinete ralhar comigo

— De onde menos se espera é que não sai nada de jeito

a minha mãe que fazia tudo o que a secretária faz agora menos dar-lhe beijinhos entre portas protestava logo

— Deixa o rapaz sossegado Gustavo que ele nasceu para o saxofone

o meu pai ainda argumentava

— Então que largue os clips e se dedique à Filarmónica

mas amainava a zanga e permitia que eu passasse os sábados e os domingos a tocar pasodobles nos ensaios da Estudantina. Depois a veia saltou, a minha mãe recolheu à poltrona a segredar

— Osório

o meu pai admitiu a secretária que me preveniu ao segundo dia, toda inchada de importância

— Agora a música é outra senhor Tadeu

e de facto pelo barulho que ela fazia no gabinete do meu pai o ritmo tornou-se diferente. O meu pai deu-lhe sociedade nos clips e nomeou-a gerente, tirou-me do escritório e agora trabalho na entrada a abrir a porta e a atender telefones. A mim não me rala. A única coisa que me aborrece é não poder trazer o saxofone e ensaiar aqui, por o maestro achar que ando uma oitava acima no *Viva Dolores* e atrapalho o meu colega do trombone de varas. Se eu pudesse ter o saxofone na empresa a minha vida mudava: assim que o meu pai desembestasse do seu canto a agitar um papel indignado

— De onde menos se espera é que não sai nada de jeito

eu soprava o *Viva Dolores* a pensar

— Está bem abelha

e nem sequer os ouvia, a ele e à secretária, a chamarem-se pêssego, a chamarem-se maçãzinha, a chamarem-se outras frutas e a derrubarem caixas de clips no gabinete trancado. Pensava

— Está bem abelha

metia o saxofone à boca e esquecia-me de abrir a porta, esquecia-me de atender os telefones, a apurar o *Viva Dolores* para não estragar a partitura ao trombone de varas. O meu pai falou anteontem em despedir-me por eu não dar rendimento no serviço. Falou-me que pela primeira vez em três gerações um Osório não tem amor aos clips. Pela primeira vez em três gerações um Osório prefere tangos aos arames. Pela primeira vez em três gerações um Osório nasceu parvo. Que pela primeira vez em três gerações um Osório não merece prender os papéis dos portugueses e que em vista disso passava a minha quota para o nome da dona Vivelinda, a qual para além de ser competente nas facturas ganhou tanta afeição aos clips como se pertencesse à família. Ao contrário do que vocês possam imaginar não me incomodei. O maestro acha que eu já acerto com o *Viva Dolores* e a minha ideia é agarrar no saxofone, num banquinho de lona e num boné velho, sentar-me no banquinho à entrada da Igreja da Ajuda, pôr o boné, virado ao contrário, no chão, e tocar pasodobles aos domingos de manhã entre duas missas. O cego da concertina, que lá está há seis anos, diz que existem dias de se fazer cem escudos

e mais no caso de o sacristão não vir perturbar os artistas com o cabo da vassoura. O sacristão não deve ser muito diferente do meu pai e se ele aparecer a ameaçar-me com o pau eu
— Está bem abelha
pego no saxofone, no banco e no boné e mudo a minha arte para a capela de Alcântara. Os artistas em vida é quase sempre assim, e o Bach por exemplo deve ter apanhado imensas vezes com uma esfregona no toutiço o que não o impediu de compor as *Violetas imperiais* e o *Esta noche me emborracho*. E como ainda hoje eu disse ao cego, que concordou comigo, o que é que o Bach e o Mozart tinham, em matéria de queda para os pasodobles, que a gente os dois não tenhamos?

Sem sombra de pecado

Quando a Carminda me disse
    — Olha que o senhor Castro anda a fazer-se ao piso
não acreditei. Não acreditei à uma porque o senhor Castro é padrinho do nosso Ricardo Jorge. Não acreditei às duas porque a esposa, a dona Regina, é uma fera e o senhor Castro tem-lhe um cagaço que se pela. E não acreditei às três porque a Carminda é vesga. De maneiras que quando a Carminda me disse
    — Olha que o senhor Castro anda a fazer-se ao piso
achei que era tanga por eu viver meio arredio de casa derivado ao Cultural. O Cultural é onde se joga às damas com a rapaziada, se bate uma sueca a seguir ao emprego, temos um bar com máquina de café e tudo e como fui eleito tesoureiro e as quotas dão um bocado de trabalho chego mais tarde a casa para deixar os livros em ordem. Além disso há problemas com os vizinhos que se queixam do barulho e dizem que a partir da meia-noite não se aguentam nem as cantorias nem o cheiro a bagaço. No meu entender, e como disse à polícia não é justo: a malta do Cultural sempre teve educação e a prova é que nunca ninguém faltou ao respeito à menina Elsa, a pequena do cabeleireiro que está por conta do Barros e que o acompanha sempre com medo de o Barros, se ela não o trouxer à redeazinha curta, se arrependa da aventura e volte para a mulher que é estabelecida de visagista e tem uma casa de férias na Fonte da Telha. Portanto, quando a Carminda me apareceu com o mote
    — Olha que o senhor Castro anda a fazer-se ao piso
não liguei que sou meio distraído e o meu mal foi esse. Na minha ideia a Carminda vesga e o senhor Castro com quase setenta anos não ligavam assim muito um com o outro, para mais com a gente sem perceber para onde é que a Carminda

está a olhar com uma vista para cada banda, para mais a gente a pensar que o senhor Castro quer é sopas e descanso. Ainda em outubro o operaram de barriga aberta no hospital do Montijo e a dona Regina disse-me que o médico a preveniu ser quase certo o velhote patinar e até já tinha encomendado uma fotografia dele em esmalte para trazer ao pescoço. Não patinou, passou uns meses na cama a dieta de canja e de borrego assado, a dona Regina levou-o a Fátima a agradecer o milagre e na primavera já o senhor Castro se achava na Havaneza, no dominó de costume com os outros reformados da Carris.

Eu até simpatizo com o senhor Castro, sempre vestido como para um baptizado, com uma mola de ouro a prender a gravata e os sapatos com tanta graxa que nos podemos pentear neles mas já não simpatizei tanto quando na terça-feira passada, por estar com dores de garganta, saí mais cedo do Cultural e ao meter a chave à porta dei com a Carminda em soutien e o senhor Castro em ceroulas, com aquelas mamas caídas dos homens de idade, a correr atrás dela à volta da mesa da sala de jantar e a dar--lhe palmadinhas nas nádegas

— Sua marota sua maroteca

enquanto o meu Ricardo Jorge aplaudia. Não só não simpatizei como achei esquisito. O senhor Castro explicou-me com bons modos que era uma brincadeira sem maldade nenhuma, a Carminda, toda corada, garantiu-me que o senhor Castro era um pai para ela e que só estavam a ver se distraíam o Ricardo Jorge que não se queria deitar mas não tenho a certeza. Achei roupa a menos para uma brincadeira sem maldade, embora aceite que estejamos num agosto quente conforme eles me disseram. Inclusive deu-me a ideia que a Carminda lhe mandava beijinhos com a ponta dos dedos e contudo a Carminda

— És parvo ou quê?

garante-me que não, como garante que aquela história de me dizer que o senhor Castro se andava a fazer ao piso era reinação dela para me experimentar. Pode ser. No fim de contas o senhor Castro é padrinho do Ricardo Jorge, a dona Regina é uma fera e a Carminda é vesga. Pode ser que com os trinta e oito e meio das anginas eu tenha visto mal. Pode ser que me tenha enganado ao apanhar o senhor Castro a piscar o olho à Carminda enquanto me dava palmadinhas nas costas e me chamava desconfiado. E pode ser que quando o senhor Castro me pediu

— Sobretudo não fales nisto à minha mulher

isso tenha que ver com o facto de a dona Regina sofrer do coração e com a mania dos ciúmes sem motivo que ela tem lhe poder dar um ataque de nervos ou assim, e ninguém querer que a senhora adoeça por uma brincadeira entre compadres sem maldade nenhuma.

O último truque do meu pai

O meu pai é mágico. Quer dizer o meu pai era engenheiro mas mais ou menos por altura de quando eu nasci começou a interessar-se por prestidigitação, a comprar livros, a estudar, a fazer aparecer e desaparecer os cinzeiros, as mesinhas de cabeceira, o gato, até se despedir da fábrica, comprar um smoking, uma cartola e duas dúzias de rolas que nos sujavam tudo de alpista, penas e cocó de pássaro, arranjou contrato com um circo e um cabaré de variedades e entrava-nos em casa de manhã embrulhado na sua capa de cetim encarnado e preto à Mandrake

    (o nome artístico do meu pai era Luciano Nunes O Mandrake Português, emoldurou um Mandrake de tamanho natural na parede no lugar de uma natureza morta de perdizes que com o tempo e a ausência de frigorífico já cheirava um bocado mal, deixou crescer um bigodinho de meio milímetro de espessura, reluziu-se de brilhantina e arranjou um ajudante preto)

    com a minha mãe à espera dele na sala a fazer uma cena dos diabos por o espectáculo acabar às duas e serem cinco e o meu pai trazer baton no pescoço, a minha mãe começava a gritar, o meu pai fazia um gesto mágico

    (Mandrake fez um gesto mágico e...)

    a minha mãe, invulnerável à magia, gritava ainda mais em lugar de evaporar-se por encanto, o meu pai fazia novo gesto mágico

    (Mandrake fez novo gesto mágico e...)

    apanhava com a primeira caçarola e passava o dia de folga a pôr pachos e pensos rápidos na ferida enquanto a minha mãe corria atrás das rolas que, essas sim, se sumiam no ar no momento em que ela se preparava para lhes apertar a goela, deixando em compensação nos reposteiros nódoas escuras que nem com uma escova e litros de detergente se apagavam do tecido.

A vida passou a ser diferente. Se aparecia o cobrador do gás, o homem do talho ou o alfaiate a exigirem o pagamento das contas em atraso o meu pai punha a cartola na cabeça, avançava nos sapatinhos de verniz, gritava
— Hop
fazia um gesto mágico
(Mandrake fez um gesto mágico e...)
e pagávamos a conta à mesma já que o cobrador de gás, o homem do talho e o alfaiate abanavam a cabeça para a minha mãe a aparafusarem o indicador na testa
— O seu marido chalou minha senhora?
e deixaram de nos fiar porque a dona Cecília tinha um maluco aos pulos lá em casa, a esbracejar e a gritar
— Hop
no meio da porcaria dos pombos, e qualquer dia o maluco matava a família à machadada, que como se sabe é aquilo que os malucos todos gostam mais de fazer
(Tragédia Em Campo De Ourique: doente mental furioso chacina o agregado com a faca do pão)
e não tornavam a ver o dinheirinho deles. Claro que a nossa vida mudou: o meu pai treinava os truques na sala, por exemplo despejar um jarro de leite num funil de jornal e o jornal ficar seco e ainda por cima sair de lá um ramo de rosas amarelas e o resultado era os tapetes numa lástima de manchas, os jornais peganhentos, as rosas com natas em lugar de pétalas e a minha mãe, que tinha estimação aos tapetes de caçarola no ar atrás do Mandrake, desesperada
— Dou cabo de ti Luciano pela saúde do meu irmão que dou cabo de ti
o meu pai a enfrentá-la num salto estalando os dedos
— Hop
a pingar leite das mangas, a fazer um gesto mágico
(Mandrake fez um gesto mágico e...)
e a acabar estendido no tapete, sem sentidos, com um alvoroço de rolas indignadas a sair-lhe dos bolsos. Julgo que foi a estranha insensibilidade da minha mãe para a arte em geral e para a arte da magia em particular
(palavras magoadas do meu pai)
que fez com que acontecesse o que aconteceu. Quer dizer quando o meu pai já mal se distinguia por baixo de adesivos e

compressas e eu me sentia filho da múmia de um faraó qualquer, todo entrapadinho em ligaduras por baixo do smoking, a andar de perfil como os egípcios nos vasos, uma tarde que eu estava na escola e a minha mãe na consulta do médico dos nervos porque os

— Hop

do Mandrake lhe davam cabo do cérebro de tal maneira que andava a tomar os comprimidos dos epilépticos, o meu pai fez um gesto mágico e desapareceu. Também deve ter feito um gesto mágico no andar de cima porque a sobrinha do major Saraiva, uma loira rechonchuda que ao bater as pestanas dava a sensação de desmaiar, se eclipsou no mesmo dia. O major rondou-nos o apartamento uma semana seguida, a resmungar exibindo o pingalim da tropa

— Se apanho aquele malandro desfaço-o se apanho aquele malandro desfaço-o

e ainda bem que nunca se lembrou de ir procurar o meu pai e a sobrinha a Faro de onde recebo todos os Natais um postal de Boas-Festas assinado Luciano Nunes O Mandrake Português, em que pede por todos os santinhos que não conte nada à minha mãe mas que é feliz com a rechonchuda, que o meu pai mete dentro de uma caixa e serra ao meio, enquanto ela, partida em duas, acena para o público a bater o desmaio das pestanas. Às vezes a sobrinha do major arranha-se um bocado com a serra e parece que lhe falta a mão esquerda desde um espectáculo em Tavira, o que segundo o meu pai até nem é mau porque só com uma mão as pancadas da caçarola têm muito menos força.

Os computadores e eu

Uma tarde em Marimba, na Baixa do Cassanje, no ano da guerra de 1973, mostrei ao soba Macau
          (Sebastião José de Mendonça Macau)
     um boneco da minha filha Zezinha, então bebé, veado de pano a que se puxava um cordelzinho na barriga e soltava uns guinchos rachados. O soba ergueu às copas das mangueiras a bengala do seu poder, largou a fugir aterrado, e eu comecei a rir até que de súbito entendi e o riso se me secou na garganta. Joguei em pânico o veado ao chão e desatei a correr atrás do soba pelo capim fora.
     Aquele homem velho de infinita sabedoria, capaz de fazer navegar o seu povo incólume entre a tirania da polícia e as exigências do MPLA, percebeu mais depressa que eu a infinita perversidade das máquinas, mesmo as ocultas, nas tripas de algodão de um animalzito de brincar. Percebeu que as máquinas, dotadas dessa forma engenhosa e quase elegante da traição com que Pasolini falava de Maquiavel, ou nos picam ou nos cortam ou nos pregam choques eléctricos numa maldade teimosa, desumana e espessa. Percebera que as máquinas e os aparelhos nos detestam e que a condição da nossa sobrevivência consiste em nos afastarmos deles, não os ligarmos à corrente, não lermos os manuais de instruções com diagramas explicativos em oito línguas diferentes todas elas incompreensíveis, não cedermos ao desafio de carregarmos em nenhum botão.
     No que me diz respeito, não sei mexer num único desses símbolos de progresso, do aspirador ao apara-lápis, do micro--ondas ao blequendequer, do vídeo ao saca-rolhas que levanta a pouco e pouco duas pérfidas asinhas de metal. Afasto-me dos telemóveis como da peste, faço largos círculos para não passar perto de uma calculadora de bolso. O isqueiro do esquentador

assusta-me com as suas rápidas, instantâneas chamazinhas azuis, o trepidar da máquina de lavar loiça provoca-me suores de vítima, de lenço amarrado na cara, de pelotão de execução. E tenho conseguido somar anos, apesar dos aparelhos, graças a uma prudência maníaca e a uma cautela de cego, até que surgiram os computadores.

Julgo não ter medo da morte, não ter medo do dentista, não ter medo da lepra, não ter medo dos políticos, mas tenho medo dos computadores. Tenho medo da sua falsa inocência, da sua submissão aparente, da sua eficácia tenebrosa, do seu ódio silencioso e vesgo. Já me engoliram um romance inteiro, já me transformaram capítulos em poesia experimental, já retiraram ossos dos meus parágrafos reduzindo-os a um puré de adjectivos.

Por isso escrevo à mão. Escrevo à mão para que os erros sejam meus e as personagens iguais às da minha cabeça e não resultado da imaginação delirante e asséptica de uma disquete esquizofrénica, inventando situações desconfortáveis e aberrantes como as dos sonhos das gripes. E os computadores imagino-os numa jaula de circo, sonolentos e de unhas de fora, só possíveis de enfrentar de botas altas, alamares e chicote na mão, obedecendo a contragosto às ordens de quem se aproxima deles, tocando-lhes com um pau para os obrigar à complicada proeza de uma frase escorreita. Nos momentos de inconsciência em que carrego numa tecla ou em que me encontro junto de alguém que carrega numa tecla, a pele escurece-me, os ombros curvam-se-me, a camisa dá lugar a um pano do Congo, os pés descalçam-se-me de meias e sapatos, os ruídos de África inundam a sala, ergo a bengala do meu poder às copas das mangueiras em que os morcegos se penduram todo o dia de cabeça para baixo e largo a fugir, aterrado, capim fora, na direcção do rio onde os olhos dos crocodilos dançam à flor do lodo à espera da imprevidência de um cabrito.

O entendimento humano

O meu primeiro encontro com a minha esposa

Desculpe mas quando você respondeu ao meu anúncio de casamento não esperava que fosse exactamente assim. Não é uma crítica, não me leve a mal, não estou de forma nenhuma a desfazer, o que acontece é que a sua carta chegou e pela letra imaginei coisas, percebe, a gente imagina sempre coisas, a cara, o sorriso, a voz, será alta, será magra, será morena, terá os olhos assim e assado, como será, perdoe o atrevimento, o corpo, claro que ao marcar encontro consigo sabia que não ia dar com um modelo nem uma artista de cinema, que tinha cinquenta e dois anos, media um metro e sessenta, pesava setenta e dois quilos, trabalhava num banco, se chamava Aldina, gosta de ler, de passear, ir à praia, conviver com gente sã e honesta, que se não fosse assunto sério escusava de lhe telefonar, aliás para ser franco a sua resposta foi a única que me entregaram no jornal, até perguntei à empregada quando ela me deu a carta

— É só esta?

e a empregada a medir-me de alto a baixo

— E vai cheio de sorte que se o anúncio tivesse fotografia não havia nenhuma

eu que me visto decentemente, que nem sou defeituoso tirando o problemazinho do pé, a fitar a empregada sem entender e a empregada muito pronta

— Já se viu ao espelho?

mas mesmo que ela tenha razão não esperava que você fosse exactamente assim. Não tem nada que ver com a beleza ou a perfeição dos traços ou o modo de arranjar-se ou a gordura, essas coisas são menos importantes para mim do que julga e depois uma senhora forte é agradável, é sinal de saúde, se por acaso eu não for capaz de abrir a lata de conservas com o martelo você vai lá com o dedinho e trucla, não é que faltarem-lhe dentes à frente me preocupe, é da maneira que se gasta menos em bife e mais em puré de batata e economizam-se uns tostões que o talho anda pela hora da morte, se me permite a sinceridade o que me incomoda é o seu olho esquerdo, quer dizer o direito vê-me, noto que me vê, mas o esquerdo parece amuado comigo, sem me ligar nenhuma, desviado para o canto da pálpebra com ar aborrecido, eu bem me inclino e ele a fugir de mim enquanto o direito me persegue, o que me incomoda é não saber qual dos dois é o verdadeiro, se o direito apaixonado se o esquerdo indiferente, se o direito que me observa se o esquerdo que nem a miséria de um soslaiozinho me deita, o direito já não tão apaixonado agora nem aborrecido como o outro, o direito zangado, o direito furioso, espere aí, esteja quieta, repare que sou coxo e não posso fugir, não agarre assim na carteira, não a levante assim no ar, para mais uma carteira enorme e com todo o aspecto de ter um tijolo lá dentro, deixe a carteira em paz, pela sua saúde deixe a carteira em paz, ainda lhe estraga a alça, ainda lhe estraga o fecho, é uma pena estragar uma carteira que custou de certeza um dinheirão, deixe-me ir à casa de banho num instantinho que eu já volto, não me prenda o braço, repare toda a gente aqui no café a observar-nos, repare na expressão do gerente, largue-me, eu caso consigo mas largue-me, juro que me caso consigo mas largue-me, se você me largar vou direitinho ao supermercado, compro duas dúzias de latas de Cerelac por causa da sua falta de dentes e começamos já hoje, já agora, já aqui a ser felizes, que bom o seu olho direito outra vez apaixonado, que bom a sua carteira quietinha na mesa, chamo-me Abílio da Conceição Pedrosa, trabalho na Companhia do Gás, muito prazer minha senhora, desculpe, não me aperte a mão com tanta energia, não me esmague os ossos, o que eu queria dizer era muito prazer querida, o que eu queria dizer, não me desloque o ombro, era muito prazer amor.

A noite das misses

Aos dez anos a coisa mais importante que me aconteceu foi elegerem a minha irmã Deta segunda dama de honor no concurso de misses do Estrela. Nunca tinha visto o salão de festas tão bonito, com o retrato do fundador de suíças engalanadas por grinaldas e balõezinhos de papel, os Cúmplices das Trevas de rumba no estrado, aos pulos nos sapatinhos de verniz com um foco azul no baterista, um azarento que não arranjava namorada porque quando acabava de desmontar o instrumento, no fim dos bailes, a desenroscar interminavelmente pratos e tambores, já os outros Cúmplices das Trevas, que se limitavam a meter os pífaros ou lá o que era no estojo, haviam desaparecido com as empregadas lindíssimas do cabeleireiro, o senhor Porfírio que também organizava as marchas populares, tratava dos funerais e consolava as viúvas com cochichos românticos e promessas de jazigos de família nas matinées do Éden pedia silêncio de mãos transformadas em gaivotas, tocava com a unha no microfone a verificar o som

— Um dois três experiência

a voz dele, na berraria cheia de silvos do Juízo Final, chamava as concorrentes, que eram cinco, ao palco, vestidas como as actrizes de cinema das pastilhas elásticas, e a minha irmã Deta, na saia que a minha mãe e a minha avó demoraram quase um mês a fazer, era a mais gira de todas. Para falar verdade até me custou reconhecê-la: de princípio, com aqueles folhos e aqueles colares confundi-a com a menina Marília, a namorada do mestre-de-obras que tomava chá na Pérola Vermelha de caniche ao colo, imperial e sozinha, cercada por uma nuvem de perfume que foi o incenso místico

(e outras coisas menos confessáveis)

da minha mocidade. Depois reparando melhor era de facto a Deta por causa das unhas roídas

(a menina Marília usava-as longas e magníficas)
e da cicatriz na bochecha que fazia com que as colegas do emprego lá no alfaiate a tratassem por Al Capone e que ainda hoje não sei como a minha irmã a arranjou visto que sempre que eu caía na asneira de lhe perguntar desatava a correr atrás de mim de mão ao alto para um estalo vingativo. Mas na noite das misses a minha mãe e a minha avó puseram-lhe quilos de creme na cara que não se dava por nada, aconselhei

— Com esse chantilly todo podem espetar-se velas na testa e serves de bolo de aniversário Deta

a Deta desatou aos gritos, a minha avó ameaçou-me com o chinelo e se o meu pai não estivesse radiante e de serviço ao bagaço por o Oriental ter ganho acabava na policlínica com o enfermeiro a pôr-me gesso na perna. O senhor Porfírio apresentou as concorrentes nervosíssimas que desfilaram e deram voltinhas um bocado desencontradas e a esbarrarem umas nas outras ao som de uma rumba especial dos Cúmplices das Trevas, engolindo-as com o olho excepto o baterista que pela maneira como lhe batia com os paus dava para perceber que detestava o instrumento. Quando a música acabou a Deta e as rivais alinharam-se no estrado, o júri, isto é o mestre-de-obras e o sobrinho do fundador do Estrela, eliminou sem mais aquelas a do meio e a da ponta esquerda que por coincidência haviam recusado ir almoçar com eles às Caldas da Rainha e que desceram do estrado a insultá-los, a minha mãe inchou de orgulho e alívio

— Pelo menos uma faixa mais um ramo de flores já ninguém nos tira

ficaram duas cabeleireiras e a minha irmã, as três a menearem-se e a sorrirem para o júri, prontas a ir a pé às Caldas da Rainha se fosse necessário comer uma tosta mista na mesma esperança com que se vai a Fátima, e as cabeleireiras a esta hora devem lá estar dado que ficaram miss e primeira dama de honor, ambas de coroa e ceptro, ao passo que a Deta, para além de perder as tostas mistas, teve de se contentar com umas rosas meio murchas, uma faixa que não era mais grossa que uma fita de nastro, as palmas desmaiadas da minha família, o consolo das colegas do alfaiate

— Volta a concorrer que para o ano ganhas Al Capone
e a minha alegria à volta dela

— Empresta-me a faixa só um bocadinho empresta-me a faixa só um bocadinho

até adormecer ao colo da minha avó embalado no berço de uma rumba. No outro dia, ao jantar, ao lembrarmos a noite da eleição, o meu cunhado e eu

(o meu cunhado deixou de tocar bateria nos Cúmplices das Trevas e é cobrador do gás)

ele garantiu-me, a beliscar com ternura a nádega da esposa

— Se o Al Capone não tivesse ficado para trás a chorar de raiva eu com a demora de arrumar o instrumento ainda hoje era solteiro Armando

e não compreendi, francamente não compreendi, por que motivo a minha irmã lhe espetou o garfo nos dedos, se levantou a correr da mesa e atirou a porta do quarto com tanta força que o retrato do casamento deles se desprendeu do prego, o vidro se quebrou rasgando os noivos a meio, e a moldura de malmequeres de barro se desfez para sempre, e é uma pena, no chão.

Novo ensaio sobre o entendimento humano

Naquela época os passeios eram para mim o prolongamento natural do corredor da casa, apesar de certas mulheres em certas esquinas onde mais tarde fui deixar a infância como um casaco usado. Trouxe de um quarto de que me lembro mal e de uma convulsão tão rápida que não consigo lembrar-me a certeza de me ter tornado, de repente, mais velho e mais alto. E como uma graça nunca vem só trouxe igualmente nove notas de cem escudos em lugar da nota de mil que lá deixei. Dado que o dinheiro pertencia à minha mãe fui de parecer que ela só tinha a lucrar com tão fecunda multiplicação. Não necessitei de responder à pergunta

— O que sucedeu aos cem escudos que faltam?

já que dois ou três dias volvidos o farmacêutico o fez por mim, poupando-me desculpas e mentiras com injecções de penicilina e lavagens de permanganato de manhã e à noite. E a minha mãe não me deve ter achado assim tão velho e tão alto visto que me aplicou uns tabefes que ela própria se encarregou de prescrever. O farmacêutico levou precisamente as nove notas de cem escudos para responder no meu lugar. O tratamento da minha mãe foi grátis. E avisou-me que não dizia nada ao meu pai porque receava que ao tratamento deste

(apesar de grátis também)

se juntasse um terceiro tratamento na Urgência do Hospital, secção de Equimoses e Fracturas.

O talento curativo do meu pai era temível: exerceu-o com generosidade e abundância no ringue até chegar a campeão de pesos médios, para alegria do Centro Clínico do bairro que se ocupava dos vencidos com algodão, mercurocromo e desvelo. Ao receberem a conta os adversários do meu pai tomavam conhecimento que o algodão e o mercurocromo eram baratos mas que o

preço do desvelo andava pela hora da morte. O meu pai apenas o soube mais tarde, num combate a cinco assaltos de dois minutos para passagem a profissional, ou seja uma espécie de exame para carta de condução do estalo. Aguentou o primeiro de pé, o segundo com o auxílio da muleta das cordas e ao desviar um directo da esquerda no início do terceiro esqueceu-se do gancho da direita e adormeceu com os anjos. Acordou ao décimo balde de água que lhe despejaram em cima a inquirir do treinador
  um antigo pugilista chamado Ciclone Mendes
    em que dia da semana estávamos. O Centro Clínico, com quem mantinha uma relação amigável cliente-fornecedor, recebeu-o por seu turno com o desvelo habitual. Atendido pelo director em pessoa o algodão, o mercurocromo e, claro, sobretudo o desvelo, cresceram em torno da maca onde o meu pai, de calções e luvas, respondia às perguntas pelo intervalo de dois dentes afinal sem utilidade. O rol dos serviços terapêuticos chegou lá a casa uma semana depois, estava o meu pai de braço em gesso diante da televisão. Leu-o sem uma palavra, com o único comentário de uma veia a bater com força no pescoço. A seguir levantou-se devagar, aparando as costelas flutuantes mais flutuantes do que nunca, e dirigiu-se ao Centro Clínico a mancar de uma perna e a arrastar pelo chão uma compressa infinita de múmia. O gesso pode ser uma arma temível e bastante mais económica que metralhadoras e pistolas: a prova é que o director passou um mês nas Equimoses e Fracturas. O meu pai voltou para casa e continuou a assistir na televisão a um programa sobre hienas. De vez em quando, não sei porquê, repetia baixinho a palavra desvelo, entortando a cara numa expressão esquisita. Nunca mais se chamou Terramoto Lopes e atirou o roupão com o Terramoto Lopes a vermelho para o alto do armário do meu quarto, cemitério natural dos sapatos usados e das lâmpadas fundidas, que eu aproveitava para esconder cigarros e uma revista didáctica acerca de volumes peitorais e adjacências correlativas que cabeleiras platinadas coroavam, acompanhadas de legendas científicas tais como Sou Toda Tua, Lurdes A Desinibida, Coelhas Suecas e Carla A Pirotécnica Do Sexo. Lurdes A Desinibida, a minha favorita, usava apenas botas e luvas e enviava-me beijos do alto de uma motocicleta. A cabeleira platinada voava a cem à hora embora a motocicleta se mantivesse quietinha. Com um

pouco de educação científica colhida no texto das páginas centrais sob o título Alegrem-se Os Que A Natureza Não Dotou O Tamanho Não É O Mais Importante, julgo que comecei a entender a coisa. Ainda hoje em momentos de melancolia passageira na sequência de dúvidas que a minha esposa instila em mim à custa de comentários do género

    — Se eu soubesse o que sei agora rifava-te

recordo-me da motocicleta com Lurdes A Desinibida a dançaricar no topo, torno-me selim e melhoro. E de caminho aproveito para responder à minha esposa com os argumentos do meu pai: não é em vão que sou filho do Terramoto Lopes e ela que pague com as gorjetas que lhe dão no restaurante onde serve à mesa o mercurocromo e o desvelo. Dizia eu no princípio que os passeios eram para mim o prolongamento natural do corredor da casa. Por muito que isto custe à minha esposa continuam a sê-lo. Por isso me espanta que se indigne de encontrar, na esquina, entre o quarto de banho e o quarto de dormir, uma mulher de cigarro na boca, farol que nos guia, através dos nevoeiros domésticos e dos escolhos conjugais, até ao porto de abrigo de um soutien de rendas com uma camélia em tule

    tamanho natural

    ao centro. Sempre houve, nas esposas, uma capacidade de incompreensão que me ultrapassa, que francamente me magoa. No outro dia trouxe uma motocicleta emprestada na esperança de que me enviasse beijos lá de cima. De facto enviou mas ao virar da rua e de então para cá nunca mais a vi. Ia sentada atrás com o Ciclone Mendes a conduzir, e custou-me a distingui-los porque o capacete disfarça. O meu pai sempre nos afirmou que o Ciclone Mendes apesar dos setenta anos estava óptimo para a idade, e há ocasiões em que me inclino a concordar com ele.

Velhas sombras fortuitas

Moro na parada do Alto de São João e desde que me reformei tenho uma vida metódica: levanto-me às onze horas, tomo o pequeno-almoço, barbeio-me, lavo-me, limpo a casa, visto-me, sento-me à janela e vejo, do princípio ao fim, três enterros por dia. Quando o terceiro enterro acaba persigno-me, dou uma penteadela ao espelho, agarro no guarda-chuva, desço as escadas e vou à Mimosa da Paiva Couceiro beber penaltis. Ao décimo penalti é noite. Regresso à parada com o auxílio do guarda-chuva, que me serve para afastar candeeiros importunos e árvores que teimam em esbarrar comigo, tomo outro pequeno-almoço a que chamo jantar, converso com o retrato da minha mulher, sento-me de novo à janela, em pijama, indignado por terem fechado os portões do cemitério e adormeço a ouvir os cães da Morais Soares ladrando à treva numa inquietação de órfãos.

    O meu apartamento fica no rés-do-chão do prédio, o rés-do-chão da porteira. Se a porteira era casada com o marido da porteira, contínuo do Liceu Camões que ia de turma em turma com o livro das faltas tomar nota das faltas, tomar nota da ausência, registar o vazio, não sou casado com ninguém. Sou o viúvo da porteira e a única ausência de que tomo nota, o único vazio que registo é o silêncio da cave quando os cães se calam. Felizmente que trago da Mimosa da Paiva Couceiro um lastro de penaltis que me ajuda a combatê-lo: o silêncio, tal como os marinheiros bêbedos, deve atacar-se a golpes de garrafa porque se lutamos contra ele de mãos nuas é mais que certo acabarmos estendidos na serradura do chão. Por conseguinte quando o silêncio me ameaça agito um gargalo para o assustar, um gargalo imperioso como um ceptro, e principio a chamar em voz alta, por deformação profissional, os nomes dos meus irmãos, dos meus amigos, dos meus colegas, das pessoas que conheci quando Lisboa e eu éramos novos. Como ninguém responde sou levado a concluir que perderam a vida por faltas e que ao contrário do liceu não são os professores que os chumbam mas a agência funerária ao fechá-los nas urnas. E o desgosto da família tem qualquer coisa de uma reprovação vergonhosa.

A minha mulher não responde à chamada mas está ali, a sorrir-me da cómoda. É um sorriso com pelo menos trinta anos, um sorriso que com o tempo ou com a falta de vidro na moldura se tornou amarelo, destino inevitável dos sorrisos e do papel de parede. Para além disso, os sorrisos perdem dentes e o papel de parede perde cores e a gente vai perdendo tudo isso mais cabelo e interesse pelas coisas de forma que quem entrar cá em casa, comigo dentro, leva um certo tempo a descobrir-me entre objectos cinzentos. A idade é a camuflagem perfeita, e se eu fosse general não perdia uma batalha com a ajuda de um exército de velhos, capazes de invadirem sem ninguém dar por eles as cidades inimigas, e de ocuparem um país inteiro com o seu reumático insidioso, com a sua diabetes triunfal, a sua bronquite asmática de vitória. E o inimigo ver-se-ia condenado a jogar biscas de sete nos jardins, a calçar uma pantufa no pé esquerdo e um sapato no direito e a apanhar beatas com a bengala entre os canteiros dos parques.

A minha mulher não responde à chamada nem ao que lhe pergunto mas está ali, a deslizar na sua rodela de crochet como um cisne num lago, aceitando-me sem recriminações. À hora da novela tiro-a do lago de crochet e coloco-a ao meu lado no sofá, à hora do jantar tiro-a do lago de crochet e trago-a comigo para a mesa e agrada-me a companhia de uma rapariga que podia ser minha filha, emoldurada em rosinhas nupciais de barro como se acabássemos de chegar do copo d'água na Mimosa da Paiva Couceiro, cerimoniosos e aflitos, sem saber o que fazer, evitando-nos um ao outro numa delicadeza acanhada, tão sem saber o que fazer que ao entrarmos no quarto desatei a assobiar. É o que se chama, julgo eu, música de câmara. Um ou dois penaltis propiciatórios auxiliaram-me a não desafinar excessivamente.

A minha mulher não responde à chamada mas não me recrimina por eu passar o dia fora. Por assim dizer não levamos uma viuvez infeliz e é raro que um desacordo ou uma discussão traga desarmonia à ausência. Cada um de nós encontrou, penso, o seu lugar na vida: ela no naperon de crochet a assistir ao sossego da sala e eu à janela a olhar os enterros na esperança de ver uma cara conhecida, um ou dois companheiros da Mimosa, por exemplo, atrás de um caixão sem padre, um ou dois colegas de penaltis seguindo um funeral que deve ser o meu. É uma questão de meses: mais tarde ou mais cedo assisto daqui à minha morte. Sei como será: a coroa de flores do conselho directivo do liceu e um cortejo de ausentes, um cortejo de sombras fortuitas a coxearem nas canadianas sem que ninguém as veja. Então alguém há-de colocar uma segunda fotografia no naperon e dois sorrisos amarelos iluminarão o escuro da parada da tremura de pavios de azeite enquanto os cães ladram à treva numa inquietação órfã.

Da viuvez

Como a discrição era o seu forte, o meu marido faleceu sem aborrecer ninguém. Não foi necessário chamar o médico porque não houve doença: a meio do jantar suspendeu serenamente os talheres por cima dos filetes com arroz de grelos, olhou para mim com a ternura do costume, pegou-me na mão, disse
— Alice
o que me surpreendeu um bocado por me chamar Felicidade, sorriu-me, deixou de sorrir, aterrou de queixo no cestinho do pão e chegou já cadáver aos papos-secos da véspera dado que por ser dia de limpezas não tive tempo de ir às compras. Não houve despesas em doutores nem em medicamentos, os filetes voltaram ao congelador e quanto aos papos-secos torrei-os, pus-lhes um bocadinho de compota de framboesa e comi-os com chá na noite do velório. Com a fraqueza com que eu estava souberam-me lindamente.
Não foi necessário chamar o médico, o agente funerário não suou muito a tirar o pijama do finado e a vestir-lhe o fato castanho visto o meu marido, que nunca foi um homem rígido, dobrar os braços e as pernas com uma submissão exemplar e às quatro da tarde já estava na câmara ardente B-2 da Igreja dos Anjos, engraxadinho e penteado, todo composto, com uma cruz nos dedos, comigo e com a minha irmã Alice em cadeiras de assento de veludo encarnado a pormos a conversa em dia que como isto anda, cheias de trabalho e de complicações, nem temos tempo para telefonar uma à outra e só nos vemos quando o rei faz anos. Ela achou-me com boas cores, eu gabei-lhe o lenço de seda do pescoço, o meu marido a assistir calado
(sempre assistiu calado quando nós falávamos como se não estivesse ali)
e pela primeira vez desde que o conheço não se pôs a espiar as pernas da Alice a pensar que eu não o via nem tentou

passar-lhe a mãozinha na nádega quando me apanhou de costas a cumprimentar a viúva da câmara ardente B-3 cujo defunto só aceitou o caixão depois de meses e meses de despesas enormes numa clínica particular em soros, radiografias e algálias, uma dessas pessoas esbanjadoras incapazes de entenderem que a vida está pela hora da morte e que não se ralam de deixar quem cá fica a tinir, sem dinheiro para uma excursão de autocarro de senhoras sozinhas a Espanha, onde se diz que há uns rapazes generosos e novos, com o sentido da solidariedade humana, que consolam a gente por meia dúzia de pesetas em discotecas e outros lugares de culto que por acaso não se me dava conhecer.

Tirando a minha irmã e eu não veio mais ninguém: não possuo cunhados nem primos, o meu marido nunca foi sociável e limitava-se a sair duas horas à tarde, com um saco de milho no bolso, para um passeio solitário na Baixa e uma visita aos pombos do Camões, de modo que a minha irmã e eu, esgotada a conversa, ficámos caladas em frente da urna até que me lembrei da agonia por cima dos filetes, informei a minha irmã

— Sabes que ele disse Alice ao aterrar nos papos-secos?

ela corou como uma ameixa agarrada ao lenço de seda do pescoço, um lenço de ramagens óptimo que tomara eu um igual

— Alice?

eu

— Alice imagina vá-se lá saber porquê

a minha irmã de pé com uma expressão esquisita

— Aguenta um minuto que vou lá fora apanhar ar

e isto foi há três meses e nunca mais a vi ao natural mas dei com ela ontem, ao abrir por acaso a gaveta da secretária do meu marido à procura da tesoura das unhas quando encontrei um envelope de fotografias deles dois abraçados, o meu marido de cartucho de milho para os pombos na mão e a minha irmã de lenço de seda ao pescoço, a sorrirem-se diante da estátua do Camões. Talvez fossem só amigos. Eram de certeza só amigos e as cartas que acompanhavam as fotografias, uma delas a agradecer o lenço e a prometer Hei-de vestir-me só com ele quando vieres cá a casa meu leão adorado e outra que acabava A tua Alice que te morde não significavam mais do que uma brincadeira de cunhados apesar das pernas dela e da mãozinha na nádega. A minha irmã é uma rapariga expansiva

(aos vinte e seis anos toda a gente é expansiva)

 e sem maldade nenhuma e o meu marido um homem como deve ser. Talvez por isso eu vá sentir-me de certeza um bocadinho culpada quando no verão for a Espanha de autocarro numa excursão de senhoras sozinhas e entrar numa discoteca com um homem simpático a pedir-me ao ouvido, entre repenicos de beijos, que lhe empreste pesetas para pagar a conta por, que maçada, ter esquecido a carteira em casa dos pais.

Feriado

Olho pelas janelas e casas. Tudo quieto e casas, os automóveis arrumados contra as casas, o quiosque fechado. Algumas das varandas com trepadeiras, flores, uma senhora que me observa um instante e se desinteressa de mim. À noite salas de jantar iluminadas, candeeiros, quadros, uma criança a espalmar autocolantes num vidro, o homem dos bigodes brancos lá em baixo, a conversar com uma pessoa que não consigo ver, a furgoneta dos ciganos na praceta. O meu marido vira a página do jornal.

Deixo de olhar pela janela e sento-me no sofá, no meu lugar. O lugar do meu marido é na poltrona, que principia a tomar a forma do seu corpo. Não me recordo quem a ofereceu: os meus sogros, o padrinho dele, o amigo da fábrica de móveis? O meu filho ao telefone num zumbido, de costas para nós. Dentro de dez minutos vai pedir-nos o jipe emprestado ou antes não pede nada, exibe a chave a anunciar

— Até logo

com o boné de pala para trás. Estou farta de dizer que com o boné de pala para trás fica com cara de parvo, e a cara de parvo dele a responder-me em silêncio que quem tem cara de parva sou eu. É possível: o meu cabeleireiro está doente e a substituta arranjou-me um penteado de bibliotecária. Se usasse óculos e sapatos de atacadores pediam-me livros emprestados na rua. Perguntei ao meu marido o que ele achava: mirou-me um segundo e virou outra página do jornal.

Devemos ser felizes, acho eu: temos este apartamento e o apartamento do Algarve, para o ano compramos um barco um bocadinho maior, com dois beliches em lugar de um e uma cozinha do tamanho de uma caixa de fósforos. O meu marido garantiu-me que manda pintar o meu nome no casco. Volta e meia tem de ir a Londres em viagem e traz sempre dois frascos de perfume. Oferece-me um deles. O outro destina-se ao sócio fazer uma surpresa à mulher. Todos os meses o meu marido ajuda o sócio a fazer uma surpresa à mulher mas nunca dei pela mulher usar aquele perfume. Quem cheira como eu é a estagiária mais nova do escritório. Quando disse isto o meu marido respondeu que eu era paranóica e pediu-me uma caneta para resolver o problema de bridge do jornal. Por coincidência, nas festas da empresa, a estagiária mais nova usa vestidos do género dos meus e um anel parecido com o que recebi nos anos. Mas que eu saiba não tem o nome em nenhum barco. Talvez quando tivermos um com quatro beliches e uma cozinha do tamanho de três caixas de fósforos. O meu marido tornou a chamar-me paranóica e avisou-me que, por minha causa, não conseguia resolver o problema de bridge do jornal.

 Devemos ser felizes, não: somos felizes: não discutimos, o meu filho, até agora, não se suicidou no jipe, a minha sogra jura que me adora, o meu sogro pôs a quinta em nosso nome. Tem uma capela com um sino. Puxa-se uma corda e o sino desata a balir. O meu sogro adora aquele sino: sempre que lá vamos chama-me

— Olhe Luísa

e agarra-se à corda numa chinfrineira que me dá vontade de esganá-lo. Não esganá-lo de repente: pedir

— Olhe, paizinho

e atirar-lhe as mãos ao pescoço, apertando devagar, até o velho largar a corda de vez, roxo e de língua de fora. Podemos utilizar a capela para a missa de corpo presente. Dormem todos cá e a seguir ao enterro fazemos um piquenique em Santarém. Aposto que a estagiária mais nova traz uma pulseira igual à minha.

 Portanto somos felizes: no verão quinze dias na quinta e quinze dias no Algarve, os amigos, o sócio e a mulher, a outra estagiária que se parece com a mulher do sócio no relógio e no colar, o meu filho de boné com a pala para trás a dar chapões na água e a molhar-nos a todos, o meu marido sempre com sono à noite

— Tenho sono Luísa

dá-me ideia que a perna do sócio e a perna da outra estagiária a entenderem-se sob a mesa do bridge, claro que se lhe contasse ele logo

— Paranóica

claro que se contasse à mulher do sócio ela

— Estás a falar de mim ou de ti?

O que é idiota porque somos felizes, o meu marido e eu somos felizes, ninguém tem sono todas as noites durante dois meses seguidos, um dia destes

— Chega aqui Luísa

um dia destes

— Precisamos de ter uma conversinha Luísa

um dia destes só um frasco de perfume no regresso de Londres, só um par de brincos, só um anel, o meu cabeleireiro curado, o meu filho com a pala para a frente, o jipe quietinho na garagem, o meu marido a levantar-se da poltrona e a sentar-se no sofá comigo

— Precisávamos de uma segunda lua-de-mel Luísa

e vamos tê-la, claro que vamos tê-la, compras em Paris, um fim-de-semana em Madrid, um costureiro onde ninguém me copie os vestidos, a estagiária mais nova na filial de Milão, amo-te Luísa, estás tão bonita como quando te conheci Luísa, excitas-me tanto Luísa, de modo que talvez deixe o meu sogro tocar o sino da capela as vezes que lhe der na gana sem lhe atirar as mãos ao pescoço, a concordar com o velhote, a aprovar

— Lindo sino, paizinho

e deixar de olhar as casas pela janela, tudo quieto e casas, os automóveis arrumados contra as casas, o quiosque fechado, algumas das varandas com trepadeiras, flores, uma senhora que me observa um instante e se desinteressa de mim enquanto o meu marido indiferente, lá longe, tão longe que não consigo alcançá-lo, vira a página do jornal.

Duas crónicas pequenas

Como nós

    De forma que espero por ti cá em baixo, ao pé dos correios do Estoril, ou passeio nas arcadas sem olhar para o mar, desatento do jardim do Casino, indiferente aos turistas alemães cor de lagosta de viveiro e aos chapéus de palha com cerejas de baquelite das americanas idosas. Encosto-me a um murozito de pedra, o sol escorre por mim como um fio de glicerina e ponho-me a pensar no teu cabelo loiro, nos teus gestos, na tua boca, na tua maneira de falar enquanto um cão me vem cheirar as pernas porque com a idade me vou assemelhando a uma árvore antiga, a um olmo, a uma nespereira, a um tronco de ossos tristes com raízes no vento, e dos galhos das mãos nas algibeiras brotam as folhinhas de uma primavera antiga, tão antiga que se confunde com os retratos da sala no tempo em que a esperança era um país do tamanho da minha família com fronteiras de tias jovens e de beijos suspensos.
    Espero por ti cá em baixo enquanto a paciência azul das ondas escreve o teu nome com gestos de alga na praia e um rosto de aguarela me fita, imóvel, de um segundo andar, de tal maneira real que decerto não existiu nunca um rosto tão espantado como o meu espanto de ninguém me responder se bato à porta da casa onde vivo e que me aperta os ombros como um casaco emprestado, espero por ti com a luzinha de um cigarro na língua a fim de que me reconheças na escuridão destas duas da tarde demasiado claras, espero por ti a tremer de não ter febre e despenteado pelo vento que não há, o cão afasta-se desiludido como tudo se afasta do meu corpo, mesmo a sombra enrodilhada de vergonha em torno dos sapatos e quando as sombras se envergonham de nós mais vale desistir, trancarmo-nos no quarto de

banho e ficar a ver no espelho o rosto que não somos já, que não seremos mais, espero por ti a tremer como um namorado muito feio espera, à chuva, de crisântemos outonais na mão, a namorada também feia que se esqueceu dele, de nariz nas cortinas a assistir ao domingo, espero por ti, filha, e nisto o automóvel ancora no lancil e no banco traseiro, sozinha, o teu sorriso descobre-me e caminho ao teu encontro, a medo, de joelhos aflitos, para te explicar as girafas do Jardim Zoológico indiferentes ao estrondo dos altifalantes, tão ruidoso como o silêncio do meu amor por ti.

Carta ao meu tio João Maria

    O que lembro de Nelas é o comboio lá em baixo a avançar ao sol entre as folhas da vinha como um dedo que procura debaixo de uma saia, os olhos do meu avô pendurados do castanheiro pelo ouriço das pestanas, a sua atenção triste, o que lembro de Nelas é a minha mãe muito nova e a voz dela por dentro do meu corpo, chamando-me no corredor como chamam as viúvas pela harpa da chuva, o que lembro de Nelas é um caixão de criança trazido das tripas molhadas da taberna pelos ombros dos bêbedos, é a lua de agosto a amparar-me o medo com o gesso dos dedos, o que lembro de Nelas são os retratos dos mortos a que os sinos de domingo aumentavam o sorriso como o giz do professor as fissuras da ardósia, o que lembro de Nelas são veredas de amoras, os pescoços de cisne do pinhal à tarde a subirem altíssimos na direcção do mar, pálpebras zangadas de galinha, súbitas pedras de mica outrora escamas de sangue, o milhafre empalhado da farmácia que observava o céu com olhos raivosos de dentista, a voz de cafeteira ferrugenta do alfaiate rodeado de pássaros assustados de tesouras, eu a fumar às escondidas na garagem, a espiar o banho das criadas e aqueles búzios de pêlos inesperados, mulheres acocoradas sob a roda das saias urinando no escuro, a feira após a missa, barros, leitões, ourives de calças presas com molas de roupa, pedalando como corvos na estrada de Viseu, de caixa amolgada dos brincos amarrada ao selim, poentes como janelas de pensões de pobres, compridos gestos de aranha com que me davam de comer na mesa da varanda, o que lembro de Nelas são partidas e chegadas, cartas que não sabia ler, livros antigos, os pardais cegos das xícaras sem asa, e junto à porta da cozinha o poço aberto como a boca de um doente falando vozes esquecidas, pedras, lagartixas, lixo, ecos, lembro esta trepadeira ardendo sombras no silêncio, ao visitar a casa anos depois tudo era tão pequeno que me cabia na palma, que cabia num ínfimo suspiro de saudade, tudo era tão pequeno que não reconheci a escada de granito, os castanheiros, os quartos antigamente enormes mas estava em Nelas porque ao sair para a camioneta de Lisboa senti a sua mão no meu braço.

Juro que não estou a mentir

Não é bem quando está de chuva. É mais com o céu cinzento, seco, onde se imprimem de pernas para o ar as chaminés e as árvores, quando o sol embrulhado em papel celofane se envergonha da gente
    (tantos sóis iguais, com o cartaz Laranjas, nos caixotes das mercearias)
    é mais quando a gente torce o nariz para cima e hesita levo a gabardine, não levo a gabardine, quando já fechámos a porta e ela se abre outra vez e as nossas mulheres no capacho
    — Leva a gabardine
    e nós de gabardine no braço num peso de trambolho e então chegamos à rua a olhar com ódio a varanda do apartamento
    — Não vai chover
    porque não é bem quando está de chuva, é quando olhamos a varanda do apartamento e, logo a seguir, o céu cinzento, seco, onde se imprimem de pernas para o ar as chaminés e as árvores e a laranja que se escapou da mercearia e aumentou de tamanho, que damos com os senhores de chapéu de coco a passearem no ar. Uma dúzia de senhores de chapéu de coco, vestidos como os parentes do álbum que deve estar na prateleira mais alta da despensa, atrás das compotas e do radiador avariado, risonhos ou solenes, que nunca conhecemos a não ser a piquenicarem, imóveis, em quadradinhos desbotados
    (tio Narciso, tenente Santos)
    uma dúzia de senhores lentos e compostos, a passearem no ar e a cumprimentarem-se
    — Como está tio Narciso?
    — Como está tenente Santos?
    caminhando para um lado e para o outro, suspensos do nada, nos sapatinhos reluzentes de verniz. É estranho que ape-

nas eu me aperceba deles. Ninguém pára a espiá-los, ninguém se interessa, ninguém dá fé dos parentes, e eu especado, sozinho, a assistir-lhes às vénias, aos acenos, à ruga atarefada com que aparecem e desaparecem das empenas

— Como está tenente Santos?

às vezes a enrolarem um cigarro, a pedirem lume uns aos outros, a conversarem em cochichos graves de doenças e reformas, a encostarem-se a uma antena de televisão para examinarem o largo, um deles, de óculos escuros, tropeça no seixo de um pássaro, endireita-se, continua a andar, pergunto à minha mulher

— Não vês?

a minha mulher, a fingir que não entende

— Não vejo o quê?

mostro-lhe, cheio de paciência

— Aquele senhor ali, a tropeçar num pássaro

a minha mulher põe-me as costas da mão na testa a verificar a febre, volta a olhar

— Qual senhor, Armando?

mira-me numa desconfiança esquisita, abana a cabeça, olha uma última vez, torna a verificar a febre, interessa-se

— Dormiste bem, Armando?

assim de manhã cheira a sabonete e a lençol morno, cheira a restos de sonho, a pintura da véspera dá-lhe um aspecto de muro onde a Câmara apagou mal a propaganda dos partidos, ainda tem escrito na pálpebra direita

Abaixo Os Patr

um pedaço de cartaz com um político competente descola-se-lhe da bochecha

Vota Eduard

e só eu e os senhores de chapéu de coco reparamos, o dos óculos escuros oferece-me o lenço para lhe limpar o político competente da cara, a minha mulher tira-me o lenço num puxão

— Onde arranjaste isto, Armando?

a cogitar amantes, um lenço com um N bordado

tio Narciso

a cheirar a água de colónia antiga, o senhor dos óculos escuros preocupa-se

(a minha mãe, coitada, dizia sempre que o tio Narciso vivia preocupado com a família)

a minha mulher a farejar a água de colónia
— Quem é ela, Armando?
desconfiada da viúva que passa as tardes a ler revistas no café, explico que um dos senhores de chapéu de coco me entregou o lenço, trepo para o banco na ideia de lhe exibir o álbum na prateleira da despensa, de procurar o tio Narciso entre aniversários, burricadas, polainas
— Não é ela nenhuma é o meu tio Narciso
e no entanto a fotografia do tio Narciso não está no lugar, alguém tirou o tio Narciso porque se nota a marca da cola e um fragmento de película, interrogo
— Que é feito do tio Narciso?
a minha mulher a virar e a revirar o lenço
— Não desvies a conversa, Armando
a deter-se num rastro de baton da cor do baton da viúva (a minha mãe, coitada, dizia sempre que o único defeito do tio Narciso era ser um bocado femeeiro, dizia sempre, a acariciar o retrato com o mindinho
— Um coração de oiro mas um bocado femeeiro)
ainda tentei contar à minha mulher
— O tio Narciso era um coração de oiro mas um bocado femeeiro
enquanto ela fazia a mala no quarto, enquanto ela esmagava uma lágrima com a palma, enquanto ela se detinha no patamar, antes de sumir-se nas escadas, e me jogava o lenço que se dependurou do meu ombro, a casa sem a minha mulher aumentou de tamanho, a sala, o quarto, a cozinha, a marquise, sobretudo a marquise com o vaso de sardinheiras no peitoril, para além do peitoril o céu cinzento, seco, onde se imprimem de pernas para o ar as chaminés e as árvores, o sol embrulhado em papel celofane e o tio Narciso, de chapéu de coco, a pedir-me o lenço de volta e a ir-se embora com ele a tropeçar nos pardais.

Uma sereia de coral no rio

Quando a minha mãe disse
    — Carlos
        pensei que não fosse comigo. Estava no meu lugar do sofá, com o jornal, sentado na marca, maior do que a minha, que o meu pai deixou ao morrer. Se aproximar o tecido do nariz encontro o cheiro do tabaco dele, mas distante, ténue, parecido com essas espirais vagas que continuam a sair, pelos anos fora, dos frascos de perfume vazios. Na nossa casa temos, no armário, uma caixa de sapatos cheia deles, todos diferentes, possuindo em comum apenas a mesma espécie de aroma violeta, que se dissolve no nariz juntamente com lembranças vagas, fugitivas
    as lembranças dissolvem-se-me na cabeça
    de festas de anos, baptizados, um casamento há séculos onde me deram vinho e o soalho ganhou uma inclinação de barco, propícia ao enjoo e à descoberta do Brasil. O meu pai usava nesse dia uma gravata cor de pérola, com um alfinete que era uma sereia de coral. A minha mãe ainda insistiu para que eu trouxesse a sereia
    — Põe a sereia, Carlos
    na esperança de ressuscitar o ressentimento acomodado em que a vida deles se tornara: o facto de, se comíamos peixe, as espinhas irem todas parar ao prato do meu pai não me parecia inteiramente casual. O meu pai exibia-as uma a uma contra a luz, fitando-as num silêncio canceroso. Anos mais tarde o cancro passou-lhe do silêncio para o pâncreas e todo ele ficou espinhas que desataram a estreitar-se. Tornou a usar a gravata cor de pérola mas já não foi o meu pai quem fez o nó. Olhei em volta à procura da noiva. Não a achei: todos os convidados se achavam vestidos de preto e a minha mãe passou a noite a assoar-se. A campa é a número 321. Tem uma jarrinha de mármore para as flores. Volta

e meia levamos-lhe rosas e a minha mãe torna a assoar-se, mas menos, uma fungadela discreta aqui e ali, enquanto varre o 321 com um espanadorzinho apressado, dado que moramos longe e o almoço demora tempo a fazer. A sereia não se mudou para o meu peito: em compensação as espinhas vieram aterrar no meu prato. Até agora o pâncreas não deu sinal, se calhar por os meus silêncios serem menos cancerosos do que os do meu pai. Atribuo isso ao facto de ser solteiro.

Moramos num prédio antigo da cidade, na parte baixa, perto do rio, e as gaivotas confundem-se com os pombos na janela. Gritam de fome todo o santo dia, atrás do gasóleo das traineiras. Por isso a primeira reacção quando a minha mãe disse

— Carlos

foi a de pensar que as gaivotas me sabiam o nome. Olhei pela janela e como não havia nenhuma e a minha mãe andava um bocado constipada, calculei

— Pode ser ela na marquise

e encontrei-a junto à tábua de passar a ferro, com o roupão dos domingos, um preto com dragões. Os dragões abrem a boca e cospem fogo. A minha mãe abria a boca igualmente mas não cuspia fogo nenhum. Dizia

— Carlos

e foi dizendo

— Carlos

num tom de voz cada vez mais baixinho. Lembro-me que estava a engomar uma fronha. Lembro-me também que a voz lhe ia ficando pálida, assim violeta como as espirais dos frascos de perfume vazios. A seguir o roupão pareceu esvaziar-se. A cara da minha mãe esvaziou-se igualmente. Campa número 877. Quase não me assoei. Minto: não me assoei mesmo, tal como não fungo ao visitá-la. A minha namorada acha-me insensível. Pelo menos é o que diz quando não choro nos filmes. Dorme cá às sextas-feiras e aspira-me o chão.

Julgo que é quase tudo: a minha vida é simples e não como peixe. Trago uma maçã da cozinha ao chegar do emprego, dou uma vista de olhos

o que podia ser a vista senão de olhos?

ao jornal, aborreço-me um bocado para aí, vou dormir. Antes de adormecer fico a olhar o tecto, onde o candeeiro, que é

uma túlipa de vidro, desce sobre mim uma claridadezita mansa. Às sextas-feiras, como estou acompanhado, dou menos atenção à túlipa para que a minha namorada imagine que estou atento a ela. Chama-se Berenice, que é um nome que não fica bem às gordas. Dália, por exemplo, seria melhor. Experimentei
— Dália
e a minha namorada, logo
— Quem é a Dália
toda eriçada de ciúmes. Apetece-me explicar-lhe
— Devias ser Dália
porém, como a vida me ensinou que as pessoas são susceptíveis, calo-me. Fico calado para aí meia hora à vontade até que de repente ela
— Quem é a Dália
a sacudir-me o ombro e a procurar-me cabelos no casaco, como se os cabelos viessem com o nome da proprietária impresso. Nunca encontrou nenhum porque sou um homem fiel. Quando a Berenice fizer anos ofereço-lhe a sereia de prenda, isto no caso de ela ainda cá vir às sextas-feiras: com as namoradas nunca se sabe. Quando o encontro o pai dela pergunta-me sempre
— Então quando se decide, senhor Carlos?
e eu prometo-lhe sempre que vou pensar. A brincar a brincar vou nos cinquenta e sete e o médico anda atrás de mim derivado aos diabetes. Não quero que a minha namorada oiça
— Berenice
e julgue que as gaivotas lhe sabem o nome. Já estou a imaginá-la a assoar-se para cima da minha campa. Número 1696. Ou 7, não hei-de conhecer ao certo. Acho que o melhor é informar o pai dela que me decidi. Lá me vão dar vinho, lá vai o soalho inclinar-se. Onde se comprarão gravatas cor de pérola? A Berenice, intrigada
— Para que queres uma gravata cor de pérola?
de modo que eu
— Para nada, esquece
sentado na marca do meu pai no sofá. Se aproximar o nariz do tecido encontro o cheiro do tabaco dele. É engraçado como essas coisas duram. Mais do que nós, até. A Berenice insistiu

— Para que queres uma gravata cor de pérola, diz lá?
e como não lhe respondi calou-se depois de me chamar insensível. Por mim fechei os olhos e pareceu-me ver uma sereia de coral no rio. É bom pensar em sereias enquanto a túlipa de vidro desce sobre nós uma claridadezita mansa. Julgo que por um momento me senti feliz desse modo: de olhos fechados a abraçar a sereia. Há-de haver umas sereias mais gordas do que as outras, a teimarem
— Quem é a Dália?
nas espumas do Tejo.

Não ligues às minhas picuinhices

Não sei há quanto tempo estou aqui sentado à tua espera. Um quarto de hora? Meia hora? Mais? Penso: se passarem dez automóveis encarnados e ela não vier, vou-me embora. Penso: conto de um a trezentos e se, em chegando aos trezentos, não apareceres, peço a conta. Passam doze automóveis encarnados e fico. Cheguei aos quatrocentos e vinte e três e continuei à espera. Recuo dos quatrocentos e vinte e três para o zero na certeza que aos cento e cinquenta te vejo chegar, acenando entre as mesas da esplanada, um problema no emprego, um telefonema da tua mãe, o drama de arrumar o jipe no parque de estacionamento. Mas como o baton te escorrega da boca para a bochecha e me dá ideia que, para além do perfume, cheiras a loção de barbear, tenho alguma dificuldade em acreditar em ti. Digo
— Trazes o baton na bochecha
os teus olhos mudam sem deixar de olhar-me, tiras o espelhinho da carteira, verificas a bochecha, pedes-me um lenço de papel, limpas o baton, procuras o tubo prateado numa confusão de chaves e agendas, refazes a boca mais devagar do que o costume em busca de uma justificação, guardas tudo na carteira, sorris porque encontraste uma mentira, os teus olhos mudam de novo, a tua mão poisa na minha, pedes não sei o quê ao empregado, a mão troca a minha mão pelo meu queixo, explicas que devido à suspensão do jipe o baton errou o alvo, começas-te a pintar-te num sinal vermelho, o sinal vira para o verde, uma furgoneta buzina atrás de ti e é difícil uma mulher tornar-se sedutora ao mesmo tempo que maneja um volante, explicas que é complicado dar atenção, em simultâneo, à cara no retrovisor e aos soluços do trânsito. A mão abandona-me o queixo, belisca-me a orelha e ao beliscar-me a orelha quase acredito em ti. A parte que ainda não acredita insinua

— Cheiras a uma loção de barba diferente da minha

a mão que me esfregava o lóbulo

(ninguém me esfrega o lóbulo como tu)

hesita, ofende-se, a tua cadeira afasta-se indignada, reparo que te farejas a pretexto de fungares, que tropeças no cheiro, que te afastas um pouco mais para que eu deixe de sentir a loção, que tentas uma ironia qualquer

— Estive a rapar o bigode

que, como de costume, te defendes atacando-me

— Não é possível viver com um homem que desconfia de tudo

que tentas resolver o assunto ofendendo-te

— A tua falta de confiança magoa-me

que acendes um cigarro na esperança que o cigarro anule o cheiro

não anula

assim amuada a tua cara fica mais bonita, é a minha vez de esfregar-te o lóbulo porque a tua beleza me tenta, sacodes-me

— Deixa-me

a consolidar vitórias exigindo desculpas, arrisco, com medo que te vás embora

— Talvez me tenha enganado

e nisto recordo-me que a loção de barba é a mesma que o marido da tua prima usa, o que te leva o jipe às revisões

— O Carlos é um querido, coitado

e no verão te trouxe ao Algarve porque tinhas não sei o quê de trabalho em Lisboa e eu fui dois dias mais cedo com as crianças. Recordo-me também que telefonei à noite e não respondeste

— Devo ter adormecido que nem uma pedra

e que trazias uma nódoa negra, como um chupão, no braço. O Carlos é mais alto do que eu e tem voz de locutor. Sabe fazer rir as pessoas. Fuma cigarrilhas. Chama-me

— Anãozinho

e dá-me palmadas nas costas que me desconjuntam as vértebras. Costumas passear com ele na moto de água, e parece-me que escusavas de o abraçar tanto quando dá aquelas curvas junto à praia. Pela expressão da tua prima julgo que ela não está em desacordo comigo. Pode ser engano meu. Deve ser engano meu. A tua cara amuada é tão bonita que tenho a certeza de ser engano meu. No fim de contas não te ajudo com as revisões do jipe, as pessoas, cansadas do trabalho, adormecem como pedras, convém a gente segurar-se dado que com as motos de água nunca se sabe, a tua prima é uma exagerada, pode perfeitamente gostar--se de um sujeito baixo e de vértebras frágeis que dá uma atenção excessiva a assuntos sem importância alguma como batons e loções. Aproximo a cadeira da tua e peço-te perdão. Logo, se estiveres para aí virada

  raramente estás para aí virada

  — Fica para amanhã, sim?

  é possível que a gente tal e coisa, e a seguir tu de nariz no tecto numa espécie de careta

  não é uma careta, claro que não é uma careta

  e eu, sem reparar no teu chupão no braço

  nunca consentes que te chupe o braço

  eu, apesar do teu chupão no braço, a acomodar-me melhor na almofada, sentindo-me

  como direi?

  satisfeito, Fernanda, satisfeito.

Esta maneira de chorar

Emília e uma noites

Esta crónica era para ser outra coisa mas sucede que de repente, ao principiar a escrever, Angola me veio com toda a força ao corpo. Desculpem: ia dar-vos uma história que se chamava Emília e uma noites e Angola, sem eu saber porquê, veio-me com toda a força ao corpo. Não sei explicar bem: já não me acontecia há muitos anos, julgava-me livre, julgava-me numa certa paz e estou a mexer a mão sobre o papel com tanta pressa e tanta raiva eu que faço tudo devagar, principalmente desenhar palavras, eu que não vou corrigir nem uma sílaba, nem uma vírgula, nem reler isto sequer

    (eu que releio tanto meu Deus!)

porque é insuportável sentir que Angola me veio com toda a força ao corpo. Não vou ter humor nem ser inteligente nem subtil nem terno nem irónico: Angola veio-me com toda a força ao corpo, custa muito, e o Macaco, o condutor, acaba de morrer de uma mina no Ninda: o Ernesto Melo Antunes estava lá e lembra-se. Perguntem-lhe a ele que se lembra. Pus a mão no peito do Macaco e não havia peito, e no entanto nem uma gotinha de sangue. No Ninda sob os eucaliptos um soldado que foi buscar água ao rio deitado na areia à minha frente. Apenas isto. Este foi o primeiro apenas. Podia relatar-vos muitos outros. Podia relatar-vos coisas horríveis, absurdas, cruéis ao ponto de ter vontade de

    não escrevo a palavra escrevo só que Angola me veio com toda a força ao corpo e eu acuso a guerra de ter mudado a minha vida. É difícil entender mas eu não estava preparado, era novo demais, se calhar é-se sempre novo demais. Percebam: eu não merecia aquilo. Falo por mim: não sabia como aquilo era e ao saber como aquilo era compreendi que não merecia aquilo. Como não mereço isto hoje dia 1 de setembro, dia dos meus anos em que Angola me veio com toda a força ao corpo. Aos que se interessam pelo que escrevo peço desculpa: ia dar-vos uma crónica chamada Emília e uma noites: pensei nela, tinha-a mais ou menos na cabeça

(tanto quanto se pode ter um texto na cabeça visto que depois o texto toma conta da cabeça e faz-se conforme ele, texto, entende)

achava que vocês iam gostar e todavia não consigo: há tanta coisa em mim, tanta metralhadora, tanto morteiro, tanta horrível miséria. Para a próxima garanto que faço os possíveis por vos dar uma crónica como vocês gostam. Hoje não posso: é o dia dos meus anos e Angola veio-me com toda a força ao corpo. Depois de uma paz comprida, depois de imenso tempo de sossego. Claro que passa, claro que amanhã ou depois já estou melhor, os eucaliptos do Ninda desaparecem, tenho de novo a minha idade de agora, deixo de estar no armazém da companhia

(o armazém era um barraco)

a olhar os caixões e a pensar qual deles iria ser o meu. Lê-se que a guerra estava controlada em Angola: a guerra estar controlada era eu contar os mortos. Se calhar não foram muitos: para mim foram demais. Se calhar a guerra estar controlada tem que ver com um número reduzido de cadáveres: a merda é que eu os vi. Os conhecia. Costumava falar com eles, essas perdas insignificantes. Eu próprio sou uma perda insignificante a falar de perdas insignificantes. Um colega médico explicava assim a desordem e a ineficácia dos bancos de urgência dos hospitais

— O doente entrou bem, depois sobreveio-lhe o banco e morreu.

Eu também entrei bem: depois sobreveio-me a guerra e. Há tempos, almoçando com o capitão disse-lhe

— Nunca vi ninguém tão corajoso debaixo de fogo como você a passear de lanterna acesa no meio dos abrigos

e ele olhou para mim uma data de tempo

— Sabe? É que às vezes apetecia-me morrer.

Entendem um bocadinho melhor agora? Foi há 24 anos, caramba. Em 1971. É aborrecido fazer anos e receber Angola de presente. Eu sei que vocês não têm nada com o assunto e como nunca viram rapazes mortos sob os eucaliptos do Ninda muito menos têm de pagar as favas disso. Perdoem: a próxima crónica será como se habituaram a que seja, como apreciam que seja. Hoje não sou capaz. Tinha pensado numa coisa bem gira chamada Emília e uma noites e agradeço-vos a pachorra de aturarem por tabela Angola com toda a força no meu corpo. Para mais isto deve estar uma porcaria porque nunca na vida escrevi nada tão depressa. Mas agora pergunto: será que se consegue soltar um grito devagar?

Esta maneira de chorar dentro de uma palavra

Em 1971, em Angola, depois de uma acção de pirataria
    (pirataria era os helicópteros sul-africanos deixarem a tropa a quatro metros do chão, saltar-se lá para baixo e destruir tudo)
        fiquei com uma menina kamessekele que sobrou, não sei como, daquela benfeitoria. Os kamessekeles são um povo amarelado que se exprime numa espécie de estalinhos da língua e sons vindos do fundo da garganta. A menina devia ter cinco ou seis anos, o cabelo ruivo da fome e empurrava adiante de si uma barriga imensa. Viveu comigo algum tempo, na enfermaria que era uma casa em ruína num sítio chamado Chiúme. A barriga diminuiu e o cabelo tornou-se escuro. Dentro do arame farpado, para onde quer que eu fosse, vinha atrás de mim. Um dia, ao voltar da mata, não a encontrei. Não me deram explicação alguma. Para quê? As coisas passavam-se dessa forma e acabou-se. Mas demorei tempo a esquecê-la e ainda me lembro dos seus olhos que não exprimiam nada. Se calhar os meus olhos também não exprimiam nada. O que poderiam exprimir? Visitávamos o barraco onde os caixões esperavam e perguntávamos
    — Qual vai ser o meu?
    Não deitados, caixões de pé contra a parede, todos iguais. Também me lembro do sopro do maçarico ao soldá-los, o que se fazia o mais cedo possível dado que os mortos apodrecem depressa naqueles lugares de calor. Perguntávamos
    — Qual vai ser o meu?
    e no dia seguinte os helicópteros de novo. Uma ocasião trouxeram uma mulher grávida. Um oficial que andava connosco nessa altura empurrou a mulher para o armazém dos caixões e, à minha frente, obrigou-a a colocar um dos pés sobre uma urna e penetrou-a sem baixar as calças, abrindo a breguilha ape-

nas. Noutra ocasião apanhou-se um guerrilheiro só com uma perna. Para ali estava, sentado no chão, de pedaço de corda amarrado ao pescoço. Isto foi em Gago Coutinho. Quando se saía, colocava-se o inimigo no guarda-lamas do rebenta-minas e ele gritava de pavor o tempo inteiro. Desapareceu também. Tudo era muito atreito a desaparecer nessa época, tirando aqueles que o chefe da Pide enforcava numa árvore e lá ficavam. Também me lembro dos pés dos enforcados mas não de uma forma tão clara. Isto foi numa aldeia chamada Chiquita. O chefe da Pide de Gago Coutinho, em contrapartida, era mais civilizado: preferia aplicar choques eléctricos nos testículos e num gesto de simpatia convidou-me a assistir. Esse acto designava-se por reeducação. Se um reeducado morria enterrava-se em cima de uma prancha. Tudo estava reduzido a pontos: uma arma apreendida tantos pontos, um canhão sem recuo tantos pontos, um inimigo tantos pontos. No caso de conseguirmos um certo número de pontos mudavam o batalhão para um lugar mais calmo, e foi quando nos mudaram para um lugar mais calmo, sem guerra, que os soldados principiaram a suicidar-se. Uma noite entrei no lugar dos beliches. Um cabo na cama de cima encostou a G3 à base do queixo, disse

— Até logo

e disparou. Em Marimbanguengo. Bocados de miolos e de osso espalmaram-se no zinco do tecto e ele durou três horas, sem metade da cabeça, a deixar de respirar. Também me lembro do

— Até logo

e do disparo, mas houve tantos disparos em Angola que talvez o que lembro não fosse o dele. Tantos disparos como os ruídos das folhas dos eucaliptos de Cessa. Em Marimba um dos lavadeiros roubou uma camisa a um alferes. Os lavadeiros teriam quinze anos se tanto. Então estenderam-nos lado a lado e deixaram-lhes cair brasas de cigarro em cima. Isto sucedeu pouco antes de nos virmos embora para Portugal. Visto que ficaram cheios de marcas e de pústulas pediu-se conselho a um agente da Pide que solucionou o problema depois de repreender brandamente o alferes sugerindo-lhe que daí em diante fizesse as coisas como deve ser. A semana passada um homem procurou-me no hospital. Trabalhava com o rádio e foi ele quem me anunciou o nascimento da minha filha, que só vários meses depois encontrei. O rádio tinha sido um quase garoto então, e dei com um quase velho. Mostrou-me o retrato do último jantar da Companhia. Quase velhos todos, impossíveis de reconhecer na sua quase velhice. Ele apontava-os e dizia-me os nomes, o furriel Este, o sargento Aqueloutro, a estudar o retrato com ternura. Entre eles, acho eu, o maqueiro com quem dei na picada a segurar os intestinos nas mãos e a estendermos numa espécie de oferenda. Observei o furriel Este e o sargento Aqueloutro. Aí estavam a sorrir, quase velhos, quase alegres, agarrando-se pelos ombros e no entanto deu-me a impressão que os olhos deles continuavam a não exprimir nada, conforme os olhos da menina kamessekele não exprimiam nada. Ou se calhar os olhos dos quase velhos exprimiam. Eram brancos, não pretos, e o facto de não exprimirem nada pode muito bem ter sido defeito do fotógrafo.

Crónica dedicada ao meu amigo Michel Audiard e escrita por nós dois

Um conhecido meu costumava afirmar que o ar do campo é puro porque os camponeses dormem de janela fechada. E digo costumava dado que morreu precisamente no campo, ao fazer chichi para um poste de alta tensão: a mulher que não o tinha em grande estima confidenciou ao guarda florestal, que lhe veio participar o falecimento, ter sido a única vez que o marido fez faíscas com a pila. Talvez por isso durante o casamento tiveram quarto em comum e sonhos separados. Aliás, conheceram-se por um anúncio no jornal. Ao combinarem o primeiro encontro ela, que trabalhava num hotel, pediu-lhe que a esperasse na porta das traseiras a fim de que os colegas de emprego os não vissem
— Como é que a reconheço?
perguntou ele
— É simples
disse ela
— Os caixotes do lixo são verdes e eu estou vestida de amarelo.
O que era verdade, embora a verdade não seja simpática: se o fosse toda a gente a dizia, e por não ser simpática conduz ao isolamento que leva os imperadores para as ilhas e os solteiros para as cozinhas, solteiros que na sua maior parte gastam a vida a tentar esquecer uma mulher inteligente: esquecer uma mulher inteligente custa um número incalculável de mulheres estúpidas, dessas para quem guardar um segredo consiste em repeti-lo a uma só pessoa de cada vez e que sonham vestir-se em Paris, de tal maneira em Paris que o género de roupa que gostam só se encontra nas bailarinas de segunda fila das Folies Bergères. Costumam escolher homens na idade do pai, o que deteriora velozmente a relação por não possuírem nenhum espírito de família. E é por o não possuírem que matam a dita família de desgosto, a melhor

forma de assassínio por nunca se encontrar a arma do crime. Melhor do que a medicina que eu, pessoalmente, seria tentado a preferir à peregrinação se as estatísticas não fossem duvidosas. Lourdes, por exemplo: de 1858 a 1972, curas miraculosas reconhecidas pelas autoridades médicas: trinta e quatro; curas miraculosas de acordo com as autoridades religiosas: setenta e duas; acidentes mortais de viação nas estradas do santuário: quatro mil duzentos e setenta e dois. A minha avó, como Lourdes era longe demais, levava-me a Fátima e guardo dessas viagens uma certa nostalgia, o que me repugna por considerar que a nostalgia é pensar às arrecuas, e prefiro deixar isso aos caranguejos e aos camarões. Como não gosto de pensar na guerra. Estive na guerra, fui militante de esquerda, adorei bares: ou seja, passei a existência a ouvir asneiras. No que respeita à guerra, aliás, a única parte que me atrai é o desfile da vitória. De resto a gente devia alistar-se e desfilar logo a seguir antes de as maçadas começarem, e depois aquilo que em linguagem clínica se chama um mentecapto em linguagem militar chama-se um coronel. Sem mencionar que o princípio da liberdade individual é coisa que não incomoda por aí além os generais.

 Quando eu estava em África o que mais me maravilhava eram as fortunas que certas pessoas faziam com a exploração colonial, fortunas que depressa se arruinavam graças às mulheres, ao jogo e aos gestores: as mulheres eram a forma mais divertida de empobrecer, o jogo a mais rápida, os gestores a mais eficaz. Se calhar não fui especialmente corajoso em Angola: o meu capitão garantia que era preferível sair de cabeça baixa que com os pés para a frente. O acaso fez-lhe a vontade visto que uma mina lhe pulverizou as extremidades e o que sobrava dele eram duzentos e cinquenta gramas de cinza que o comandante chefe se apressou a mandar de volta à família: foi a primeira pessoa que conheci capaz de realizar a viagem de Luanda a Lisboa por encomenda postal e julgo que se serviram dele para adubar as sardinheiras da varanda: é um oficial que floresce todas as primaveras e se pode regar de lágrimas de saudade. Julgo ser melhor assim: quando estava inteiro tinha de tal modo cara de tropa que o uniforme era um pleonasmo. Agora tornou-se numa plantinha que não cheira a caserna nem a rancho, nem bebe um só uísque por dia: a madrinha fornece-lhe um regador de água da torneira às terças e quintas e até hoje nunca o ouvi protestar nem sequer quando lhe aparam os ramos secos com uma tesoura a fim de crescer com mais viço. Calado, o que já não é mau: através das inumeráveis reviravoltas e convulsões deste país a única coisa que não mudou foi a percentagem de parvos. E um parvo em pé vai mais longe do que um intelectual sentado. Ou um político. Como este secretário-geral que se chama Rui Rio. Rui Rio, Rui Rio, Rui Rio: não é um nome. É a primeira lição de um curso de terapia da fala destinado ao doutor Cavaco Silva para quem a língua portuguesa tem demasiadas consoantes do mesmo modo que o príncipe achava que a música de Mozart possuía demasiadas notas. É verdade: Portugal, para mim, é um país de uma simples, solitária, singela nota. O dó.

Crónica para ser lida com acompanhamento de Kissanje

A coisa mais bonita que vi até hoje não foi um quadro, nem um monumento, nem uma cidade, nem uma mulher, nem a pastorinha de biscuit da minha avó Eva quando era pequeno, nem o mar, nem o terceiro minuto da aurora de que os poetas falam: a coisa mais bonita que vi até hoje eram vinte mil hectares de girassol na Baixa do Cassanje, em Angola. A gente saía antes da manhã e nisto, com a chegada da luz, os girassóis erguiam a cabeça, à uma, na direcção do nascente, a terra inteira cheia de grandes pestanas amarelas dos dois lados da picada e uma ocasião
        lembro-me
        um bando de mandris numa encosta, quietos, observando-nos. Depois cansavam-se de nós e desapareciam na sombra dos caules. A coisa mais bonita que vi até hoje foi Angola, e apesar da miséria e do horror da guerra continuo a gostar dela com um amor que não se extingue. Gosto do cheiro e gosto das pessoas. Talvez os momentos que tive mais próximos daquilo a que se chama felicidade me aconteceram quando fazia um parto
        eu resolvia os problemas que as mulheres ou o meu colega feiticeiro
        euá kimbanda
        não eram capazes de solucionar, quando acabava saía do casinhoto da enfermaria como se tivesse ainda nas mãos uma vidinha trémula e achava-me feliz. As mangueiras, imensas, restolhavam sobre a minha cabeça, o senhor António espreitava da cantina. É engraçado: nas alturas difíceis a memória da Baixa do Cassanje ajuda-me. Recordo o soba Macau
        euá Muata
        digo para mim mesmo
        — Tumama tchituamo

e sereno. Se for à janela aposto que, mesmo em Lisboa, vinte mil hectares de girassol a perder de vista, as pestanas loiras, os mandris. A incrível beleza das raparigas, a sua pele tão suave, a tia Teresa, gorda, enorme, que comandava uma cubata de putas em Marimba, e sabia muito mais da nossa condição do que qualquer outra pessoa que conheci.

— Euá Tia Teresa

euá os batuques à noite na sanzala de Dala, a liamba dos óbitos:

euá liamba.

Conversava com a tia Teresa ao fim da tarde quando me vinham saudades de tudo. Às vezes impingia-me uma das suas empregadas: nunca fui capaz de aceitar. Mandava vir uma bacia com água, sabão, uma toalha, e lavávamos ambos, solenemente, a cara. Um dia entregou-me uma lata de pó de talco, na ideia de me proteger do mau olhado. Se calhar protegeu. E, de palmas cor de caliça, comíamos moamba juntos. Ela e o kimbanda Kindele, ou seja o médico branco. Eu que tantas vezes, em África, tive vergonha de o ser. O meu corpo tão desgracioso. Se encostasse o meu ouvido a uma árvore não sabia, como a tia Teresa, quem vinha. Mas o soba Kaputo convidou-me para padrinho do filho, a maior distinção que recebi até hoje: por educação, ninguém troçou da minha forma de dançar. Uma velha com a brasa do cigarro no interior da boca apertou os meus dedos nos seus dedos:

euá Velha

aperta os meus dedos outra vez: estou a escrever isto com uma alegria grande, a mesma com que aos domingos de manhã fumava mutopa

cachimbo de cabaça

com os homens, os ouvia falar, jogava com eles uma espécie de gamão de pedrinhas à medida que olhava a jangada a atravessar o rio Cambo, debaixo dos morcegos do crepúsculo, com os candeeiros da Chiquita ao longe. Os girassóis recolhiam a cabeça para poderem dormir, os mochos voavam contra os faróis do jipe, no caminho. A fazenda de tabaco do senhor Gaspar, com as suas caveiras de hipopótamo. O senhor Gaspar sorria no interior do bigode

euá Senhor Gaspar

sentávamo-nos na varanda
— Tumama tchituamo

e o macaco dele, aos guinchos, fazendo tilintar a corrente: dava-lhe o medo do escuro. Lá vinham a bacia de água, o sabão, a toalha. No meio da miséria e do horror havia momentos de um contentamento tão grande. Uma paz de eternidade que não voltei a encontrar. O que mais quero no mundo são os girassóis da Baixa do Cassanje e eu a caminhar

a voar

por entre eles.

— Euá Velha

aperta os meus dedos outra vez.

Antes que anoiteça

O acaso é o pseudónimo que Deus utiliza quando não quer assinar

Quase todos os dias, a seguir ao almoço, arrumo o carro junto a uma oliveira no parque do hospital e fico para ali sentado sem pensar em nada, sem sentir nada, a olhar o tronco e a ouvir-me respirar. É uma árvore antiga, corcunda, com musgo. Mesmo nos dias de sol a noite parece continuar nela. Um bocadinho de noite escondida nos ramos. A seguir ao muro marquises de pobre com pedaços de cartão no lugar dos vidros. Uma camisa a secar, roupa barata, colorida. Nunca vi ninguém nas marquises. Faz-me lembrar os sítios onde cresci, a palmeira dos correios com um cego agachado na sombra. Sou o cego da oliveira, à espera. Falta-me o homem que vendia passarinhos, de mãos cheias de gaiolas, a discutir consigo mesmo na rua deserta. Aos catorze ou quinze anos compus um poema sobre ele. Apanhava os bichos com redes à volta da Escola Normal, tentilhões, poupas, pardais. O dono da taberna comprava-os quase todos, fritava-os a escorrerem óleo e os clientes metiam-nos no pão e bebiam um copo por cima, a amortecer. Uma pena solta flutuava entre as cabeças deles.

    Se chove a oliveira do parque enruga-se mais. Uma ocasião em que estava de serviço fui visitá-la depois de escurecer: o dia parecia continuar nela, um bocadinho de dia escondido nos ramos. Devia ser junho ou julho. Um doente tinha-se enforcado. Costumava pedir-me cigarros, dinheiro para um café, coisas dessas. A mulher visitava-o com um cabazinho de pêssegos e nos pêssegos o tom da roupa barata a secar nas marquises. O enfermeiro cortara a corda, estendera o homem no chão. Fui à sala de pensos preencher os papéis. A esferográfica recusava escrever. O enfermeiro tirou uma caneta do bolso da bata. Azul. Demorei mais tempo do que o costume a acabar a ficha. Em qualquer ponto, talvez junto da balança, o cego dos correios vigiava-me.

Não sei porquê andava sempre rodeado de gatos. Um dos versos do tal poema ocupava-se dos gatos. É claro que nenhum jornal os publicou. Comprava-os todo esperançado e nada. Eu era o melhor escritor do mundo e não me ligavam nenhuma. Rimar a palmeira, o cego e o gato dera-me um trabalhão dos diabos: contava as sílabas pelos dedos e uma ou duas sobravam. Tive de passar a limpo uma porção de cópias. Acabava com um ponto de exclamação. Depois mudei para três pontos. Depois tirei a pontuação, a fim de resolver o problema, e achei-me moderno. A injustiça das páginas literárias doeu-me imenso tempo, ou seja um dia ou dois. Aos catorze anos os dias são intermináveis.

Que idade terá a oliveira? Gosto de correr a palma por ela, de encontrar as navalhinhas das folhas. Numa das marquises um vaso com um cacto. O vaso assenta num pires de alumínio. Vem-me o desejo infantil de atirar uma pedra ao vaso. Se atirasse uma pedra ao vaso faziam queixa à minha mãe? Apareceria ela na marquise a ralhar-me? Sabia quando estava zangada pela maneira como dizia António. O meu nome, na sua boca, ficava eriçado de sobrancelhas franzidas. Percebemos que nos tornámos adultos ao deixarem de ralhar-nos. Abanam a cabeça apenas, em silêncio. Embrulharam o homem que se matou num lençol e um pé descalço surgia lá em baixo. Estupidamente pus-me a contar os dedos. Agarraram numa maca e levaram-no. Ao darem a notícia à mulher o cabazinho dos pêssegos principiou a tremer. Fiquei a vê-la ir-se embora com a fruta. Vista de costas afigurou-se-me mais magra. O escuro do corredor engoliu-a. Pernas fininhas, sapatos de ténis. Moraria onde? Arrependi-me do meu desejo de atirar a pedra ao vaso: os cactos fazem imensa companhia.

Hoje é sábado, vinte e não sei quantos de janeiro. Um céu sujo, um dia sujo, nuvens que dão vontade de esfregar com uma escova ou um pano molhado em água quente para as nódoas saírem. Anteontem jantei em casa dos meus pais. A cascata quebrada, o jardim por tratar. Joguei tanto à bola por ali! Janelas de portadas de madeira com banquinho de calcário, a mesa cujo tampo era uma mó de moinho, eu à cata de lagartixas nos cantos. Uma tarde dei com um sapo junto à figueira, a aumentar a papada. Parecia-se com o alfaiate da Calçada do Tojal a engordar de enfisema, traçando riscos a giz na lapela dos clientes. Ao sair para a rua tive a impressão que fazia muito mais do que sair para

a rua. Chamaram o meu nome. Ia jurar que chamaram o meu nome. António. Sem sobrancelhas franzidas. Só António. Quem seria? A trepadeira? A varanda? As plantas do canteiro? Voltei-me e dei comigo mesmo a observar-me. Adeus António, soprou ele. Já não me via há séculos. Respondi
— Adeus António
e desejei não tornar a encontrá-lo. Para quê?

As veias dos búzios

Quando penso em ti, lembro-me da última carta do Nerval antes de se enforcar num candeeiro da rua: Ne m'attends pas ce soir car la nuit sera noire et blanche. E deixei de te esperar esta noite. Deixei de te esperar todas as noites. E o espelho é uma poça de água de chuva que não reflecte nada, nem rostos nem gestos, nada a não ser o peso trémulo da ausência.

 O nosso tempo substituiu os herbários por álbuns de fotografias: em vez de pétalas secas entre folhas de papel, carregadas de um passado reduzido a uma melancolia de cheiros, reinventamos o que foi através de sorrisos mortos, datas roxas, pobres bigodes furibundos em forma de guiador de triciclo, ancas de bisavós de sobrolho severo, escondendo sob o balão da saia a criança que não éramos ainda e no entanto lhes prolonga o nariz e a boca numa mesma severidade assustada. Os álbuns de fotografias sempre me pareceram cisternas onde corro o risco de me despenhar, esbracejando, afogado em limos de bandós, de suíças, dos fatos de marujo e do cabelo em canudos do meu tio, de condecorações militares, de bicicletas com a roda da frente enorme e a roda de trás pequenina, de olhos azuis à deriva num nevoeiro de rendas.

 Quando me pergunto o que fiz da minha vida suponho que devia antes perguntar-me o que fiz da vida dos outros. Como só encontro paz se estou em guerra comigo não lhes trouxe certamente nem segurança nem felicidade. E não é fácil, por exemplo, ser mulher de um homem ou filha de um pai marcando o chão com pedritas de romances para se não enganar no caminho do regresso, onde me esperam os que gostam de mim enquanto me vou apequenando ao longe até desaparecer numa curva de caminho, continuando a tirar das algibeiras livros que não voltarei a encontrar. Sou o único criminoso que não há-de tornar nunca ao local do crime e se um dia tornar encontrá-lo-ei vazio como uma feira desarmada, com pontas de cigarro por aqui e por ali, as luzes apagadas e o papel que embrulhava as sanduíches dos que se cansaram de esperar levantado pelo ventinho que sopra onde não existe mais nada. Se a política é o ofício das coisas inacabadas ou a arte de escolher entre os inconvenientes (Druon), não trouxe aos outros senão o sentimento de um provisório instável, ancorado na recusa definitiva de deixar de ser pacientemente inquieto. Procuro-me entre as palavras para saber quem sou e não farei nunca um bom lugar na carreira de funcionário da modéstia, quanto mais não seja porque a única seriedade que concebo é aquela que permite todas as fantasias.

Ne m'attends pas ce soir car la nuit sera noire et blanche afigura-se-me uma boa divisa, noite que o meu amigo José Cardoso Pires percorre com a lanterna de um copo de uísque na mão, espécie de Diógenes contemporâneo à procura de rostos fraternos no museu de cera da memória até ancorar em bares semelhantes a antiquários onde madames pompadour gastas e richelieus reciclados por mestrados em Finanças lhe oferecem essa espécie de infância cristalizada a que se decidiu chamar maturidade pelo mesmo gosto do contra-senso que nos leva a chamar Prazeres ao sítio em que os mortos apodrecem.

Ne m'attends pas ce soir: sir William Osler, cientista canadiano, apregoava que a principal diferença entre o homem e o cão consistia no facto de o homem estar sempre à procura de tomar comprimidos. Como não tomo comprimidos nenhuns vou mergulhando a pouco e pouco na noite dos espelhos, poças de água de chuva que não reflectem nada, nem rostos nem gestos, nada a não ser o peso trémulo da ausência. E continuo a procurar nos herbários dos álbuns os sorrisos que amei na esperança que me perdoem não escolher a vida pela ementa e escrever romances de desaventuras onde a pêra de D'Artagnan é desenhada a carvão e os cavalos que galopamos não passam de dois palhaços de circo enfiados num pano, de passo desacertado a caminho da saída. Isso e o sopro que me chega pelas veias dos búzios se os encosto ao ouvido e escuto não o ruído do mar mas a voz que anuncia partidas nos aeroportos estrangeiros a levar-me consigo para onde ninguém pode encontrar-me e que suspeito ser um berço no verão de 43, em Benfica, debaixo de uma acácia, debaixo de um braço desvelado.

O Brasil

Sempre me espantou que Pedro Álvares Cabral tenha atravessado o Atlântico numa viagem de meses para chegar ao Brasil dado que este país se encontrava a meia hora de automóvel da casa do meu avô. Todos os Natais ia ao Brasil com ele sem necessidade de caravelas, uma terra cujas fronteiras eram a Rua Alexandre Herculano e a Rua Barata Salgueiro, a geografia palacetes e andares escuros onde moravam tias muito velhas
    (tia Mimi, tia Biluca, tia Não Me Lembro O Nome)
no fundo de corredores compridíssimos entre brilho de pratas, latas de biscoitos e os objectos sem sombra de que as pessoas idosas se rodeiam. Para além das tias habitavam o Brasil criadas gordas que me olhavam num pasmo extasiado
    — Tão grande
enchendo-me os bolsos de rebuçados de ovos enquanto por trás das cortinas passavam sombras de navios mudos cobertos por xailes de seda roxa, banheiras com patas de leão ferrugentas de reumático, esquentadores pré-históricos em que o gás soluçava desgostos de bebé antigo, um primo doente gemendo numa cama, as tias a avançarem na minha direcção aos solavancos como as figurinhas das caixas de música, oferecendo-me a tremer boiões de cocada. Havia um retrato delas e da minha bisavó numa cómoda, quatro criaturas pestanudas em Belém do Pará, de coração de oiro e traseiro imponente
    (as duas qualidades femininas mais apreciadas pelos cavalheiros do século passado que se apressavam a casar com elas até os traseiros os matarem e os corações de oiro se cobrirem para sempre
    outras épocas
    dos crepes da viuvez)
    um retrato onde não encontrava parentesco algum entre aquelas damas generosas e morenas, feitas ao torno, e as senhoras

de bengala, embalsamadas em perfumes pálidos, tratando o meu avô

(homem considerável para mim em volume e em anos)

no sorriso enternecido que se reserva às crianças e a quem o meu avô respondia do poço de uma infância recuperada como se continuassem todos eles nos seringais do Amazonas. O Natal era a única altura do ano que me levava a suspeitar vagamente que o mundo não começara comigo e fazia de mim uma espécie de apátrida sem lugar verdadeiro, flutuando no meio de árvores de borracha míticas e acácias concretas, sem sotaque, com uma metade em cada continente sem que nenhum deles me pertencesse do mesmo modo que pairava nos palacetes e nos andares escuros, impedindo-me de voar, Barata Salgueiro fora, pelo lastro de rebuçados de ovos das cozinheiras extasiadas

— Tão grande e tão bem educado

orgulhosas do meu metro e doze de timidez silenciosa. Depois a pouco e pouco o Brasil deu em desaparecer: as tias diluíram-se uma a uma nas veredas dos Prazeres, venderam-se as casas, os pianos calaram-se tornando-se primeiro a recordação de nada e finalmente nada, os bolos de ovos deixaram de alegrar os dentistas, nunca mais houve criadas gordas para me acharem

— Tão grande

e

— Tão bem educado

e o Brasil perdeu-se em definitivo nos abismos do tempo com os seus esquentadores, as suas banheiras, os seus xailes de seda e os seus boiões de cocada. Continuo a procurá-lo na Rua Alexandre Herculano e na Rua Barata Salgueiro por me parecer impossível haverem substituído um país inteiro por agências de viagens, hotéis e sucursais de banco. E no entanto é verdade: o Brasil acabou. Ou apenas permanece lá no fundo, num cantinho de mim, com os seus quadros, os seus móveis, os seus cristais e sobretudo os espelhos

(recordo-me dos espelhos)

dúzias de espelhos reflectindo-se uns aos outros, olhando-se uns aos outros, colocados diante uns dos outros a observarem-se em silêncio nas molduras de talha. Mais do que tudo o resto e do que a morte de um país é isso que ainda hoje me intriga: quando um espelho se contempla ao espelho que diabo de coisa vê?

Hoje apetece-me falar dos meus pais

Ser o filho mais velho de dois filhos mais velhos era um bocado estranho porque tinha avós novos e tios quase crianças. A minha mãe era uma rapariga linda de vinte e tal anos
    (não saio à minha mãe)
    que parecia dezoito, os desconhecidos achavam-nos irmãos e lembro-me de o meu pai fazer trinta e três e eu o considerar, para além de feiíssimo
    (saio à família do meu pai)
    um matusalém do caraças. O matusalém habitava o escritório entre cachimbos e livros e a rapariga linda habitava como todas as mulheres
    (que remédio)
    a casa inteira. O meu pai tinha o cabelo preto e a minha mãe não. O meu pai tinha olhos azuis
    (afinal pensando bem talvez não saísse assim tão feio)
    e a minha mãe verdes. O meu pai dormia do lado do despertador e a minha mãe do lado do bebé porque durante séculos havia sempre um bebé aos gritos. A origem destes bebés era aliás um mistério para mim
    (aqui para nós, felizmente, julgo que de certo modo continua a ser)
    e a história de Paris e das cegonhas possuía demasiadas incongruências para eu acreditar nela até porque na viagem de Paris a Benfica com as crianças no bico
    (Paris era quase tão longe como de Lisboa à Praia das Maçãs)
    algum caçador daria um tiro no bicho, incomodado com a berraria que os meus irmãos faziam. Além disso se a cegonha os entregava pessoalmente como os carteiros as encomendas registadas, o facto de a minha mãe ir para a maternidade e eu

vê-la na cama afigurava-se-me esquisito a não ser que a maternidade fosse uma espécie de central, idêntica à estação do Rossio, onde se levantavam os meninos como mercadorias com o letreiro Frágil, e o bater das asas dos pássaros a constipasse. De qualquer modo os bebés ali estavam dedicando-se alternada e continuamente a mamar e a gritar. Um dia no intervalo de uma mamada o meu pai perguntou-me

— Queres ver?

apertou o peito da minha mãe, saiu um jorro de leite e fiquei de boca tão aberta que não me recompus até hoje. Mal um dos meus irmãos se transferia para o quarto logo outro ocupava o berço aos uivos

(eu tinha imensa pena do trabalhão das cegonhas)

e na mesinha de cabeceira havia um açucareiro destinado a mergulhar a chupeta a fim de acalmar o monstro que exercitava os pulmões meses a fio. Espanta-me que nenhum de nós seja tenor, e quando assisto a uma ópera luto comigo próprio para não descer ao palco com uma chupeta e um açucareiro e tranquilizar os artistas igualmente rechonchudos, igualmente carecas, igualmente roxos de esforço, igualmente vestidos de folhos, roubados ao berço pela maldade do maestro. O problema é que os sopranos pesam demais e se lhes pegasse ao colo para os embalar fazia uma hérnia da coluna.

A partir da altura em que nos transferiam para o quarto o meu pai ensinava-nos a andar de patins

(foi campeão de patinagem)

a minha mãe, que não foi campeã de nada, ensinava-nos a ler, e com essas duas prendas na bagagem éramos considerados aptos para a vida e enfiados na escola do senhor André para uma pós-graduação em afluentes da margem esquerda do Tejo e estações do ramal da Beira Baixa

(é dramática a quantidade de afluentes e estações que existem, o que me leva a desejar que o mundo inteiro fosse o deserto do Gobi)

e uma vez munidos desses conhecimentos indispensáveis os meus pais largavam-nos no mundo onde começávamos logo a reproduzir-nos e a ganhar cabelos brancos. Pode parecer estranho mas ainda há um minuto andava eu de chupeta e já o Presidente da República me convida para a tomada de posse a

que não fui por não saber que calções havia de vestir, a minha mãe não estar ali para me fazer a risca e o meu pai não me avisar
— Se chegas depois das onze no sábado ficas de castigo.
Foi uma má ideia terem-me deixado sair de Benfica: faltam-me os bebés, falta-me o cheiro do tabaco de cachimbo, falta-me o livro da primeira classe, falta-me jantar de pijama a seguir ao banho, com a franja molhada, falta-me a rapariga de vinte e tal anos que parecia dezoito. Quando o Junger afirmava
Quanto mais envelheço mais futuro tenho
estava a ser uma besta. A verdade é que parte do meu futuro ficou atrás de mim. Na quinta-feira, que é quando os meus irmãos se reúnem em casa dos meus pais, vou até lá buscá-lo. E agora acabo de escrever visto que me apetece calar-me e vocês não têm nada com isso.

A crisálida e eu

Uma filha de onze anos é um berbicacho: já não gosta do Jardim Zoológico e ainda não se interessa pela 24 de Julho; não se senta no banco de trás mas não me pede o automóvel emprestado; nos intervalos da leitura do Tio Patinhas exige explicações precisas sobre a anatomia, profissão e tipo de clientela dos travestis do Conde Redondo; senta-se-me ao colo como um bebé e contudo fecha-se na casa de banho para vestir a camisa de noite; não é uma menina nem uma mulher: é uma crisálida indecisa, parte larva parte borboleta, que quer ficar a pé até às quatro da manhã e adormece de polegar na boca a achar igualmente atraentes Kevin Costner e o Primo Gastão. Como pode um pobre pai passar férias e fins-de-semana com uma criatura assim, que continua a detestar lavar os dentes e todavia me ralha, indignada, se por sono ou distracção visto a camisa da véspera?

    Acabo de passar quinze dias na Praia das Maçãs com este ser contraditório e estranho, que me pede dinheiro para um gelado e pergunta entre duas lambidelas, com a voz de um editor severo, de boca besuntada de natas

    — Esse romance escreve-se ou quê?

    fazendo-me sentir uma culpabilidade horrível por, em vez de corrigir o último capítulo, andar a ler às escondidas a *Gazeta dos Desportos* com a gulodice com que um adolescente se perde numa revista de senhoras nuas.

    Quinze dias na Praia das Maçãs é obra: já nem falo na bandeira sempre vermelha, nos dias sempre chuvosos, nos lençóis sempre húmidos, nas pessoas sempre a tossirem: falo na dificuldade de ser ao mesmo tempo pai e mãe de uma mutante de cara coberta por um balão cor-de-rosa de pastilha elástica e unhas de limpeza problemática, a aconselhar-me peixe e vegetais para melhorar os intestinos e a perguntar-me em altos berros, à mesa do restaurante, o que quer dizer carisma, epistemologia e paneleiro; falo de uma criatura cujos produtos de beleza são dois cremes diferentes para o sol, pulseiras e colares sortidos que me obriga a comprar-lhe no quiosque dos jornais e um champô secreto

(— Não diga a ninguém)

para a eventualidade das lêndeas; falo de um ente cujo sorriso se assemelha tanto ao meu que me julgo há muitos anos atrás, a examinar-me ao espelho no quarto dos meus pais surpreendido por habitar uma cara que tinha a maior dificuldade em aceitar que me pertencesse visto que na minha ideia eu era o Mandrake sem tirar nem pôr em lugar de um miúdo de franja com um sinal na bochecha condenado aos tormentos da gramática.

Quinze dias na Praia das Maçãs, palavra de honra, é obra. Quinze dias na Praia das Maçãs com uma rapariga de onze anos roça a epopeia: joguei matraquilhos, empanzinei-me de hamburgers no pão, vigiei-lhe os mergulhos, impassível como um nadador-salvador

(ao princípio fazia-me uma certa confusão não haver nadador-joão, nadador-pedro, nadador-antónio)

de cigarro entre os dentes a fingir de apito, escutei descrições intermináveis acerca dos namorados das amigas

(cotomiços lázudos que mostravam o seu afecto pregando rasteiras às noivas e enchendo-lhes a boca de areia o que, suponho, constitui o cúmulo da sensualidade e da paixão)

dormimos no mesmo quarto e dava por mim

(fraquezas)

a enternecer-me com o seu sono, a sombra que as pestanas lhe desciam sobre a cara, o livro de quadradinhos pendurado dos dedos como um breviário numa sesta de cónego.

Quinze dias na Praia das Maçãs é obra, uma epopeia, uma chatice, um tormento. Houve alturas em que me apeteceu estrangulá-la, houve alturas em que me apeteceu com veemência que não tivesse nascido. Foi um alívio devolvê-la à mãe, uma alegria voltar a estar sozinho. Sossegado. Em paz. Livre. Não lhe sinto a falta. Claro que não lhe sinto a falta. Só não consigo compreender porque não está comigo. Não é uma questão de amor

(que estupidez o amor)

é que, como sou distraído, se ela não estiver ao pé de mim sou capaz de vestir a mesma roupa durante um mês seguido.

António João Pedro Miguel Nuno Manuel

Sempre que vou jantar a casa dos meus pais, saio de lá com a infância atravessada: Benfica mudou, a minha mãe deixou de ter 30 anos, posso fumar sem que ninguém me proíba, quando vem a travessa para a mesa nunca são fatias recheadas, não encontro os meus irmãos de pijama, com os cabelos loiros molhados do banho. A casa dos meus pais não se alterou muito: os quartos dos filhos transformaram-se em salas mas o cheiro é o mesmo. Há retratos de mortos: os meus avós, alguns tios, algumas tias, mortos que nunca me habituei ao facto de estarem mortos, que não me espantaria se entrassem de repente, pessoas que me fazem uma falta dos diabos e a quem não faço falta nenhuma porque nada agora lhes faz falta quanto mais eu. Sempre que vou jantar a casa dos meus pais saio de lá com a infância atravessada: não conheço as pessoas nem os prédios, o Paraíso levou sumiço, a Havaneza evaporou-se, não sei da dona Maria José contrabandista, não sei do maluco dos passarinhos, há séculos que não vejo o meu pai fazer a barba, há séculos que a minha mãe, com a tesoura pequenina na mão, não me diz

— Mostra lá os dedos

para me cortar as unhas. Sou eu que as corto sozinho com um corta-unhas e como sou um aselha demoro eternidades a apanhar as aparas nos azulejos com o indicador molhado em cuspo. E corto-as em silêncio, sem berrar como um vitelo, a minha mãe espantada

— Ainda nem comecei

a minha mãe que nos cortava as unhas, nos dava injecções, transformava as camisas do tio Eloy em camisas para nós e como sou o mais velho andava sempre grávida, João Pedro Miguel Nuno Manuel. Saio de lá com a infância atravessada e fico no automóvel a ver o muro do jardim, o portão com um ananás de cada lado, as janelas trancadas, a copa escura da acácia porque é noite, a Travessa do Vintém das Escolas na mesma excepto o Cabecinha que não tornei a ver, Não Sei Quê da Costa Cabecinha, num rés-do-chão de peitoril à altura do passeio, com quem me apanharam a pedir para o Santo António e que tinha fotografias de mulheres nuas, rectângulos de papel negro com criaturas desfocadas que não se percebia peva e ele achava que sim

— Olha as mamas da gaja

eu cheio de vergonha e boa vontade sem perceber mamas nenhumas e o Cabecinha a guardar aquelas preciosidades no bolso

— Seu artolas

e a partilhar os tesouros com os Ferra-o-Bico que eram mais esclarecidos do que nós, se entendiam em glândulas e levavam miúdas ciganas para o mato atrás da Escola Normal a fim de procederem com elas a operações misteriosas. A infância atravessada é pior que uma espinha: a gente engole bolas de pão e não passa. Talvez seja por isso que vou a Benfica uma vez por mês se tanto e que quando lá vou me sinto como um cão à procura de um osso que julga ter enterrado e afinal de contas não existia osso nenhum. Um osso que mesmo assim procuro até me arderem os olhos. Como me procuro nos álbuns de retratos. Como me procuro debaixo da minha cama

(está lá, a minha cama)

como me procuro no quintal, na figueira do quintal, no sítio em que havia o poço, em que havia a capoeira, de modo que depois do jantar fico no automóvel a ver o muro, o portão com um ananás de cada lado, as janelas trancadas, a copa escura da acácia porque é noite. Se calhar é sempre noite quando a gente cresce. Fico no automóvel à espera que a minha mãe me chame e sabendo que não me chama porque julga que me fui embora. Realmente fui-me embora. Para sempre.

Uma festa no teu cabelo

Com os anos a morte vai-se tornando familiar. Quero dizer não a ideia da morte, não o medo da morte: a realidade dela. As pessoas de quem gostámos e partiram amputam-nos cruelmente de partes vivas nossas, e a sua falta obriga-nos a coxear por dentro. Parece que sobrevivemos não aos outros mas a nós mesmos, e observamos o nosso passado como uma coisa alheia: os episódios dissolvem-se a pouco e pouco, as memórias esbatem-se, o que fomos não nos diz respeito, o que somos estreita-se. A amplidão do futuro de outrora resume-se a um presente acanhado. Se abrirmos a porta da rua o que se encontra é um muro. No nosso sangue existem mais ausências do que glóbulos. E uma análise à velocidade de sedimentação mostrará tudo em suspenso. Proíbo que me tirem radiografias para que as árvores de África não apareçam a tremer na película.

Hoje, domingo, vou visitar a minha tia. Os olhos dela estão comigo e não estão comigo, as mãos são raízes secas, quietas. Parece tornar-se terra antes de voltar à terra e torno-me também terra com ela. Algo de mineral, de inerte, coagula-se-lhe nos gestos, as feições adquirem a trágica dignidade do silêncio e o silêncio acusa-me. De quê? Despidas do acessório as poucas palavras que me diz acusam-me. Ainda que pesadas de amor acusar-me-iam. Não se queixa, não chora. E no entanto a almofada em que poisa a cabeça é uma lágrima enorme.

No elevador o seu nome repete-se sozinho dentro de mim. Tento recordar-me: a casa dos meus avós, a Praia das Maçãs, episódios antigos, as horas gordas do relógio de parede ecoando na sala. Continuam a vibrar, imensas. Depois calam-se, e apenas um som distante de piano. O metrónomo não passa de um coração aflito que se calará em breve e então a sala enorme, vazia. Talvez os passos do meu avô a assobiar baixinho nas escadas. Fazia-me panelas de papel, desenhava-me cavalos. Desde novembro de 1960 que não desenha nada. Limita-se a estar ali, numa moldura, jovem, fardado, de bigode. Quando estava com ele ia vê-lo fazer a barba de manhã, com uma navalha. Sentava--se no jardim, de casaco de linho. O caseiro prendia os cães em jaulas.

Deve ser tudo normal, certamente é tudo normal e não entendo. Venderam a quinta, o mundo encheu-se de pessoas. Fomos tão poucos, dantes! Escondia-me num canteiro a fumar, as nuvens passavam sobre as copas. Arranjava uma linha de coser com um alfinete dobrado na ponta, colocava uma bola de pão no alfinete e pescava os peixes encarnados no lago. Nunca pesquei nenhum. Boquinhas delicadas comiam o pão, iam-se embora, debaixo de água, em rápidos movimentos de faca. As flores nasciam, perfeitas, dos dedos do senhor José. Esqueceste-te das estátuas com o nome das estações, do roseiral? Das pestanas transparentes dos porcos? Do mês de junho em que tudo era verde, nítido, claro? De trazeres pilhas de livros para o jardim? De como te chamavas nesse tempo? Que António eras tu? Dos versinhos que escrevias? De ires ser escritor? Tão fácil ser escritor, não é verdade? Tão fácil respirar.

Agora estás diante da tua tia. Ninguém pode valer-lhe, ninguém pode valer-te. Ontem almoçaste no jardim do Príncipe Real e um pombo, ao levantar voo, roçou pela tua cabeça e despenteou-te. Nunca te tinha acontecido isto e o facto de o pombo roçar por ti intrigou-te. Sentiste-lhe as patas na testa, as asas. Um antigo doente teu do hospital, que encontras às vezes a vender cautelas, ajudava o funcionário que apanhava as folhas. Estrangeiras demasiado brancas sorriam-se acanhadas. O sítio onde internaram a tua tia nem sequer muito longe. Quem se encontra longe és tu: tens nove anos e entras na maternidade onde ela acabou de ter o primeiro bebé e te faz uma festa no cabelo. Disso lembras-te. Aconteça o que acontecer, disso lembrar-te-ás sempre.

A crónica que não consegui escrever

Estou há meia hora aqui sentado à espera que me venham as palavras para esta crónica e nada. De que é que vou falar? Pensei nos jogadores de futebol de que gostei mais na infância: Grazina do Olhanense
 ou Abraão, o guarda-redes
 do grande Patalino do Elvas, do Simony do Sporting da Covilhã, de Félix, o Pantufas, Jaime Graça, Coluna, Águas, todos do Benfica, claro, Germano, o melhor defesa central que conheci, Ângelo, o meu defesa esquerdo favorito. Ou José Pereira, o Pássaro Azul. Ou Mario Corso, o Pé Esquerdo de Deus. Ou a linha avançada do Vasco da Gama dos anos 50, cujos nomes são, obviamente, imortais: Sabará, Maneca, Vavá, Pinga e Parodi. Ou da eterna mesma finta de Garrincha. Ou de Nilton Santos. Ou Schrank, o Touro de Colónia. Üwe Seeler, o avançado-centro careca. Ou o fantástico Aníbal, guarda-redes do Futebol Benfica, acerca de quem o meu tio Jaca garantia:
 — Maior do que ele só o das Guerras Púnicas.
 Era inigualável a riscar com a biqueira da bota uma linha perpendicular ao centro da baliza. O resto já não corria tão bem, mas fazia aquele traço de uma maneira genial. Depois pensei em falar dos jogos de hóquei em campo da minha infância que acabavam sempre à traulitada. Houve um Portugal-Espanha que virou Aljubarrota. Um dos espanhóis, em cima do balneário, distribuía pauladas para baixo, a sachar cabeças com o stick. Arredei o desporto, depois de me nomear a famosa equipa Barata, Luís Lopes, Cruzeiro, Lisboa e Perdigão. Perdigão fascinava-me porque coçava as partes antes de marcar um livre. Tanta liberdade manual atingia a fronteira do sublime, e a mãozinha viril de Perdigão esgotou o assunto. O que dizer depois desse gesto competente?

Acabado o tema principiei a roer a caneta em busca de uma gesta equivalente. Não sei por que misteriosa associação vieram-me à cabeça as minhas aventuras com dentistas, sobretudo o soldado que me arrancou um dente a sangue frio em Angola. Eu, que não bebo, trouxe uma garrafa de uísque a dividir por dois. Para mim como anestésico, para ele a fim de lhe estimular a coragem. Após umas golaças a meias sentei-me numa cadeira de ferro, ordenei

— Vamos a isto

e abri a boca. Nada. Ficou de turquês em punho, imóvel. Estendi-lhe a garrafa

— Mama-me lá um bocado como deve ser.

O líquido desceu até à parte de baixo do rótulo e o soldado, possuído de uma fúria que roçava o delirium tremens, enfiou-me o joelho na barriga e desatou a puxar garantindo-me

— Seja cego se não há-de sair, seja cego se não há-de sair.

Nunca encontrei olhos tão vermelhos e espumava. O dente saiu de facto, mas saiu-me também a caveira pela boca. Toda a caveira. Talvez não exagere se afirmar que doía um bocadinho. Não existia um nervo em mim que não tilintasse campainhas. Julgo que o pelotão inteiro assistiu à degola, fazendo apostas sobre o número de vértebras dorsais que acompanhariam a caveira. Mil anos que viva não me esqueço do barulho do molar ao quebrar-se.

Achei o assunto por assim dizer doloroso e pus os dentistas de lado. Vazio horrível: e agora? A infância? Não. A literatura? Nem falar. Política? Esquece. O barulho do molar apareceu-me de novo na lembrança. Graças a Deus por pouco tempo. Pessoas que conheci? Há duas ou três que me falta mencionar: o senhor Florentino, bebedor homérico, o senhor Joaquim que vendia esqueletos aos estudantes de medicina. Trazia os cadáveres do cemitério dos Prazeres e punha-os a secar no telhado do Campo de Santana. Era pequeno e bexigoso e orgulhava-se da doença de Parkinson do filho. Apresentou-mo assim, com legítima vaidade:

— O meu rapaz, parkinsonista.

Não um estado, não uma enfermidade: um título. E o filho avançava a estender a mão em movimentos de boneco de corda. Ou o sacristão da igreja de Benfica, o senhor José, notável na entrega das galhetas. Amarinhava pelo escadote acima e espanejava os santos a ralhar-lhes. Ou o homem que vendia passarinhos e conversava com as janelas fechadas. Ou os bêbados da Adega dos Ossos, de vinho querelante, em discussões circulares, acocorados lado a lado na berma do passeio como pardais no fio do telefone. Também não. O quê? O senhor José dava-me as sobras das hóstias e o atleta Perdigão certificava-se que as partes continuavam lá. Tranquilizado, retomava o jogo. Três quartos de hora sem assunto. Aproveito para me coçar também. Levanto-me, dou-me corda, experimento andar como o filho parkinsonista do senhor Joaquim, corrigindo os movimentos ao espelho. Pensando bem o senhor Joaquim tinha razão para o seu orgulho de pai: o parkinsonista metia-me num chinelo. Despeitado, tento passar a outro tema. Não me aparece seja o que for na cabeça salvo o quarto dos armários em casa dos meus avós, cheio de caixas de chapéus antigos e frascos de perfume vazios de que saía um vago bafio de violetas. Também não. O professsor de ginástica do liceu Camões que dava aulas de colete e gravata e substituía a ginástica pelas suas proezas de caça no Guadiana? Quando falava na espingarda batia no joelho:

— Perigosa, filhos, por vezes temível.

Não me apetece. Coço-me outra vez? Tento aperfeiçoar o meu parkinsonismo? Imito o drible do grande Patalino? Cinquenta e cinco minutos. As tias do Brasil que tocavam piano? Domingos a comer doce de coco? A descoberta maravilhada de Cisco Kid? Mandrake? Luís Euripo? Flash Gordon? Os banheiros da Praia das Maçãs a mergulharem nas ondas

cada menino um único mergulho

as crianças da colónia de férias, cujas vigilantes provocaram em mim os primeiros obscuros, confusos desejos? Os robertos à cabeçada numa barraca de lona? Os vendedores de remédios para a queda do cabelo na Avenida Grão Vasco, a seguir à missa? Os compradores levavam, por cada embalagem, três de borla:

— Esta é oferecida, esta é ofertada e esta é brinde, sem contar este chifre benzido pela minha tia que era a bruxa da Arruda. O melhor será desistir da crónica e aliviar para canto como Félix, o Pantufas, perante um aperto de Jesus Correia. Recomeçar amanhã. Na televisão um cómico austríaco confessa à assistência as suas desditas. Queixou-se à mulher que ela não dizia o nome dele quando tinha um orgasmo. Resposta da esposa:

— Pudera! Tu nunca lá estás.

Não serve. Escrever crónicas é perigoso filhos, por vezes temível. O professor de ginástica dá uma cambalhota, de fato completo, e sem um vinco nas calças. Mario Corso, o Pé Esquerdo de Deus, oferece o golo ao interior direito com um passe em diagonal. Depois de me arrancar o dente perdi de vista o soldado da turquês durante uma semana. Quando me encontrou numa esquina da barraca protegeu-se com o cotovelo:

— Sente-se melhorzinho?

Há momentos em que os homicidas me enternecem. Pelo menos ao dar com o meu carrasco enterneceram-me. A minha língua não parava de explorar o buraco da gengiva. Observo-o ao espelho enquanto parkinsonizo sem talento: ainda lá está. Ao fundo, meio escondido, mas ainda lá está, só que a língua se esqueceu dele. Que se lixe a crónica: meço o quarto de parede a parede: sete passos. Conto três passos e meio e, com a biqueira, risco uma linha perpendicular ao centro. Depois dobro um bocadinho os joelhos e abro os braços à espera: assim que chutarem um assunto na minha direcção bloco-o de certeza. Maior do que eu só o das Guerras Púnicas.

Fantasma de uma sombra

Estes retratos nas estantes falam de um passado em que me não reconheço, por ter sempre a impressão de ser outro nas molduras. Não apenas de eu ser outro mas as pessoas de quem gostei serem outras também, e pergunto-me o que fazem ali quietas, sob um vidro, olhando-me ou olhando a parede fronteira com aquele sorriso que depois de morto se ganha, o sorriso que anula um rosto conhecido apesar de iluminá-lo, por exemplo o do meu avô no Luso, no seu último verão, mirando para além das árvores e da chuva um futuro que a nenhum de nós pertencia: não lhe pertencia a ele por se achar reduzido a um magro presente de dois meses de doença, e não me pertencia a mim porque aquilo que sonhava que eu fosse o não seria nunca. Inquietavam-no as minhas respostas bruscas, o meu temperamento arredio, o meu silêncio, a certeza de eu viver, não segundo uma linha contínua, mas num tracejado impreciso de caprichos e de saltos de humor, na esperança de inventar uma ilha de absoluto no caos dos dias, desprovido das ferramentas que aos dezassete anos não podia possuir e que, aos cinquenta, não estou certo de haver ganho. Aliás o que me apaixona nos retratos são as criaturas que a câmara colheu por acaso ao colher-nos e me observam do fundo da película, a meio de um gesto, mais nítidas e presentes do que nós, senhoras de chapéu de palha, uma criança junto às ondas com um balde e uma pá na mão, um cavalheiro barrigudo a ler o jornal numa cadeira de lona. Invento-lhes nomes, biografias, destinos, ofereço-lhes casas
      (eu que tanto gosto de espreitar da rua, à noite, as salas iluminadas, imaginando-me lá dentro)
      faço e desfaço parentescos, amizades, querelas, ajudo-as a entrar, pegando-lhes no braço, em quotidianos vagarosos como fins-de-semana, incluo-os na minha família, divorcio-me deles

e recomeço amanhã quando me sento à mesa para trabalhar no romance, sempre com tanto medo de escrever, juntando capítulo após capítulo a perguntar para quê. À medida que o tempo nos vai gastando, a frequência com que nos perguntamos
  para quê?
aumenta, e o número das coisas que nos preocupam ou interessam afunila-se e reduz-se. Estarei eu num canto de retrato nas estantes dos outros, também com um nome inventado, uma biografia, um destino? Algum desses estrangeiros que se fotografam em Lisboa levou-me decerto consigo, e não é improvável que continue, neste momento, num álbum de recordações da Finlândia ou na parede de uma cidadezita qualquer dos Estados Unidos, decorando, juntamente com uma igreja ou uma estátua, a existência de uma presbiteriana extravagante. Se alguém lhes perguntar
  — Quem é este?
o que responderão os estrangeiros? Talvez se aproximem, de óculos, a observar melhor, abanem a cabeça, desistam, me deixem sozinho na esquadria, ocasional e secundário, desfocado contra a igreja ou contra a estátua, numa vivendinha em Tampa Bay ou num sótão de Helsínquia, condenado a uma imobilidade perpétua na companhia de um monumento que, se calhar, detesto. Mas não me desagrada existir noutro sítio, como suporte de paisagem ou garantia de safari em país pobre, até acabar num desses caixotes de cartão onde se acumulam as inutilidades sem préstimo e os afectos defuntos. Alguém colocará um dia o caixote na berma do passeio, e uma camioneta camarária, eficiente e pontual
  (a Finlândia e os Estados Unidos são sítios limpos)
levar-me-á, juntamente com garrafas vazias, ornatos de Natal e animais de peluche, para uma estação de reciclagem de que sairei sob a forma de um boneco de neve em miniatura ou de uma Estátua da Liberdade de plástico, vendida como artesanato a esses japoneses minuciosos e risonhos, que habitam prédios de papel e se movem em passinhos minúsculos de bonecos de corda. De modo que se um japonês perguntar a outro japonês
  — O que é isto?
olharão ambos para este lado, aqui, onde eu estou, e verão um homem, de caneta hesitante, a acabar esta crónica.

Antes que anoiteça

Por razões que não vêm ao caso as últimas semanas, difíceis para mim, têm-me obrigado a pensar no passado e no presente e a esquecer o futuro. Sobretudo o passado: tornei a encontrar o cheiro e o eco dos hospitais, essa atmosfera de feltro branco onde as enfermeiras deslizam como cisnes que nos tempos de interno me exaltava, o silêncio de borracha, brilhos metálicos, pessoas que falam baixinho como nas igrejas, a solidariedade na tristeza das salas de espera, corredores intermináveis, o ritual de solenidade apavorante a que assisto com um sorriso trémulo a servir de bengala, uma coragem postiça a mal esconder o medo. Sobretudo o passado porque o futuro se estreita, cada vez mais se estreita e digo sobretudo o passado visto que o presente se tornou passado também, recordações que julgava perdidas e regressam sem que dê por isso, os domingos de feira em Nelas, os gritos dos leitões
    (lembro-me tanto dos gritos dos leitões agora)
    um anel com o emblema do Benfica que aos cinco anos eu achava lindo e os meus pais horrível, que aos cinquenta anos continuo a achar lindo apesar de achar horrível também e julgo ser altura de começar a usá-lo uma vez que não me sobra assim tanto tempo para grandes prazeres. Quero o anel com o emblema do Benfica, quero a minha avó viva, quero a casa da Beira, tudo aquilo que deixei fugir e me faz falta, quero a Gija a coçar-me as costas antes de me deitar, quero o pinhal do Zé Rebelo, quero jogar pingue-pongue com o meu irmão João, quero ler Júlio Verne, quero ir à Feira Popular andar no carrossel do oito, quero ver o Costa Pereira defender um penalti do Didi, quero trouxas de ovos, quero pastéis de bacalhau com arroz de tomate, quero ir para a biblioteca do liceu excitar-me às escondidas com A Ruiva de Fialho de Almeida, quero tornar a apaixonar-me pela mulher do Faraó nos Dez Mandamentos que vi aos doze anos e a quem

fui intransigentemente fiel um verão inteiro, quero a minha mãe, quero o meu irmão Pedro pequeno, quero ir comprar papel de trinta e cinco linhas à mercearia para escrever versos contadas pelos dedos, quero voltar a jogar hóquei em patins, quero ser o mais alto da turma, quero abafar berlindes
    olho de boi olho de vaca contramundo e papa
    quero o Frias a contar filmes na escola do senhor André, a falar do Rapaz, da Rapariga e do Amigo do Rapaz, filmes que nunca vi a não ser através das descrições do Frias
    (Manuel Maria Camarate Frias o que é feito de ti?)
    e as descrições do Frias eram muito melhores que os filmes, o Frias imitava a música de fundo, o barulho dos cavalos, os tiros, a pancadaria no saloon, imitava de tal forma que a gente era como se estivesse a ver, o Frias, o Norberto Noroeste Cavaleiro, o homem que achou que eu lhe estava a mexer no automóvel e se desfez num berro
    — Trata-me por senhor doutor meu camelo
    a primeira vez que uma pessoa crescida me chamou nomes e eu com vontade de responder que o meu pai também era doutor, que ao entrar no balneário do Futebol Benfica para me equipar o Ferra-o-Bico explicou aos outros
    — O pai do ruço é doutor
    e houve à minha roda uma mudez respeitosa, o pai do ruço é doutor, quero voltar a apanhar um táxi à porta de casa e o chofer perguntar
    — É aqui que mora um rapaz que joga hóquei chamado João?
    e quero tornar a espantar-me por ele tratar assim o pai do ruço, quero partir um braço e ter gesso no braço ou, melhor ainda, numa perna, para andar de canadianas e assombrar as meninas da minha idade, um miúdo de canadianas
    achava eu, acho eu
    não há rapariga que não deseje namorar com ele e além disso os carros param para a gente atravessar a rua, quero que o meu avô me desenhe um cavalo, eu monte no cavalo e me vá embora daqui, quero dar pulos na cama, quero comer percebes, quero fumar às escondidas, quero ler o *Mundo de aventuras*, quero ser Cisco Kid e Mozart ao mesmo tempo, quero gelados do Santini, quero uma lanterna de pilhas no Natal, quero guarda-

-chuvas de chocolate, quero que a minha tia Gogó me dê de almoçar

— Abre a boca Toino

quero um pratinho de tremoços, quero ser Sandokan Soberano da Malásia, quero usar calças compridas, quero descer dos eléctricos em andamento, quero ser revisor da Carris, quero tocar todas as cornetas de plástico do mundo, quero uma caixa de sapatos cheia de bichos da seda, quero o boneco da bola, quero que não haja hospitais, não haja doentes, não haja operações, quero ter tempo para ganhar coragem e dizer aos meus pais que gosto muito deles

(não sei se consigo)

dizer aos meus pais que gosto muito deles antes que anoiteça senhores, antes que anoiteça para sempre.

Este livro foi impresso
pela Geo Gráfica para a
Editora Objetiva em
setembro de 2011.